LE BOUQUET DE LYS.

LE BOUQUET DE LYS,

Recueil de Poésies

SUR LES RÉVOLUTIONS DE 1814 ET 1815,

Suivi de quelques Morceaux détachés,

Par P. Hédouin, Avocat.

Pro Patriâ, pro Rege ! !

A BOULOGNE,
Chez LE ROY-BERGER, Imprimeur-Libraire, Grande rue, Nº 34.

JANVIER 1816.

IMPRIMERIE DE LEROY-BERGER.

A Monsieur

LE COMTE DE CASTÉJA,

Officier de la Légion d'Honneur,

PRÉFET DU DÉPARTEMENT DU HAUT-RHIN.

O toi qui, fidèle à l'honneur,
As suivi dans l'exil un Roi, notre espérance,
Un Roi qui deux fois dans la France
A ramené la paix et le bonheur,
De mes vers accepte l'hommage !
Tu sais si de mon cœur ils sont l'expression,
Tu sais si dans le tems de la proscription
J'ai maudi le tyran et j'ai bravé sa rage !

Maintenant qu'à l'ombre des Lys
Nous trouvons tous les deux un abri tutélaire,
Et que sur la terre étrangère
Tu ne regrettes plus ton épouse, ton fils;
Qu'avec plaisir ma jeune Muse
Vient t'offrir le tribut du plus pur sentiment!
Si j'ai trop présumé de son faible talent,
Ton nom et l'amitié me serviront d'excuse.

AVERTISSEMENT.

Plusieurs des morceaux qui composent ce Recueil, et entr'autres celui sur la mort du duc d'Enghien, ont été faits avant la révolution de 1814. Il eût alors été impossible de les rendre publics, la censure qui pesait sur les lettres s'exerçant sur le moindre mot et tirant des pensées, même les plus innocentes, des applications toujours dangereuses pour l'auteur qui les avait émises. C'est ainsi que la première stance de ma chanson du *Bon Henri*, qui parut peu de jours après le désastre de Moscou, éveilla l'attention de la police de Paris; et cela seulement parceque j'avais opposé dans mes vers le conquérant au pacificateur, le guerrier qui n'avait pour lui qu'une valeur souvent irréfléchie au héros doué d'une ame sensible, et que je donnais la préférence à ce dernier.

On a beaucoup parlé de la liberté, des idées

libérales sous Bonaparte, et jamais peut-être il n'y eut de plus cruelle ironie que celle que présentaient ces mots, en les appliquant aux actes du Gouvernement qui les employait. Combien d'hommes de lettres, aussi distingués par leurs vertus que par leurs talens, en ont fait la triste expérience ! Le corse, pour me servir des expressions d'un publiciste célèbre, *couronnait l'oppression du chapeau de la liberté*; et l'on pourrait ajouter qu'il faisait une guerre aussi terrible à la pensée qu'à l'humanité.

Aujourd'hui que le ciel nous a rendu le meilleur des Rois, pourquoi ne redirions-nous pas les chants que le malheur et l'indignation nous inspiraient lorsque le tyran courbait nos têtes sous son joug de fer ? Ces chants apprendront à ceux qui furent ses partisans qu'alors même qu'il nous réduisait au plus affreux esclavage, il était encore des voix qui faisaient entendre les accens de la véritable liberté ! Ils devront plaire à ceux qui dans tous les tems ont formé des vœux pour le retour des descendans d'HENRI IV; et au milieu de la tranquillité qui règne maintenant en France, le souvenir des maux que nous avons soufferts, en faisant détester la tyrannie, produira sur les ames sensibles un contraste d'un effet aussi heureux que celui qui naît de la vue des plaines fertiles de la belle Italie, lorsqu'on vient de quitter les précipices et les torrens de ces monts qui lui servent de barrières.

Qu'on ne se méprenne point sur mes intentions, en lisant cette brochure : je déclare n'avoir d'autres ennemis que ceux de ma patrie et de mon Roi; et maintenant ils sont, grâces au Ciel, en bien petit nombre ! Car lorsque la sagesse et la bonté se trouvent placées sur le trône, les esprits les plus opiniâtres se rangent bientôt d'eux-mêmes sous leurs loix. Je n'en veux qu'à ces grands coupables, qui, se servant de leurs moyens et de leur influence, ont égaré une partie de la nation au mois de mars dernier, et ramené parmi nous les discordes civiles. Qu'on ne dise point qu'il n'est pas généreux d'attaquer des hommes à terre ! Cette opinion n'est qu'un sophisme. Pendant leur puissance, la plainte nous était interdite sous les plus terribles peines : ils sont tombés ; nous devons les considérer comme morts, et dès ce moment, l'équitable histoire devient leur juge.

Le bonheur, la prospérité de la France ; tels sont mes vœux ! tels sont ceux de tous les amis de l'ordre et de la raison.

LE BOUQUET DE LYS,

Recueil de Poésies

Sur les Révolutions de 1814 et 1815.

La Mort du duc d'Enghien.[1]

STANCES.

Au pied de ce donjon dont la cime hautaine (2)
Près des murs de Paris s'élève avec orgueil,
D'infames assassins une troupe inhumaine
D'un fils du grand Condé préparait le cercueil,
Le vent faisait voler, au milieu des tempêtes,
De sa royale voix les éclats menaçans :
Telle parfois la foudre, errante sur nos têtes,
Gronde ! . . . et vomit dans l'air ses feux étincelans !

« Tombe, cruel tyran ! péris avec ta gloire ! ...
» D'un opprobre éternel que tes drapeaux couverts,
» Sur son aile d'azur portés par la victoire,
» D'un faste ambitieux n'insultent plus les airs.
» Rien, dans l'ombre des nuits, ne calmera tes craintes;
» Malgré ton glaive impie et la pompe d'un roi,
» Oui, partout des Bourbons les sanglots et les plaintes
» Partout leurs cris vengeurs s'éléveront vers toi !(3)

» Dans les tems à venir, ton règne épouvantable
» Comme un règne de sang sera toujours cité;
» De sa plume d'airain, Mnémosyne implacable
» Dévouera tes forfaits à l'immortalité !
» Tu jouis maintenant; mais qu'un espoir frivole
» Ne te séduise pas sur les revers du sort :
» Tyran ! oublierais-tu que le laurier d'Arcole
» Peut s'unir dès demain au cyprès de la mort ! (4)

» Adieu ! je suis content, je brave en paix ta rage;
» Le Ciel a préparé mon destin et le tien :
» Vivre dans les tourmens, tel sera ton partage;
» Mourir et triompher, tel doit être le mien ! »
Il dit, et promenant son regard intrépide
Sur les lâches brigands rassemblés en ces lieux,
Il donne le signal.... et le plomb homicide (5)
S'échappe ... et le rejoint à ses nobles aïeux.

Le bon Henri. (6)

Air : *Le Czar Ivan.*

En rois puissans notre histoire est fertile ;
Je suis français, j'admire leur valeur :
Mais à mes yeux Henri seul en vaut mille,
Car il joignit au courage un bon cœur.
C'est ce héros que je chante aujourd'hui :
« Vive à jamais le nom du bon Henri ! »

Au dieu d'amour comme au dieu Mars fidèle,
De tous les deux il obtint les faveurs ;
Et cette main qui pressait Gabrielle
Portait le fer si fatal aux ligueurs.
Amans, guerriers, répondez à mon cri :
« Vive à jamais le nom du bon Henri ! »

Dans les palais, ainsi que sous le chaume,
Noble sans fard, simple avec dignité,
Ce n'était point le rang, mais toujours l'homme
Que protégeait son active bonté.
Chante, Français, ô toi qu'il a chéri :
« Vive à jamais le nom du bon Henri ! »

Des vils flatteurs la troupe méprisable
Dans son grand cœur ne put avoir accès;
Quoiqu'il fût prince, un ami véritable
A partagé ses revers, ses succès;
Nous l'apprenons de son brave Sully:
« Vive à jamais le nom du bon Henri! »

Amant, buveur, et soldat intrépide,
Pour célébrer dignement ses hauts faits,
Vous qu'en ces lieux l'honneur rassemble et guide,
De ce vieux vin arrosez mes couplets,
Et répétons ce refrain favori:
« Vive à jamais le nom du bon Henri! »

Chant d'un Troubadour sur le Retour des Lys.

MUSIQUE DE GARAT.

Fleur du bonheur reparaît parmi nous,
Après vingt ans de cruelles a'armes ;
Lys éclatant, que ton retour est doux !
Des bons français tu viens sécher les larmes.

Reprends ta lyre, aimable troubadour;
Assez longtems elle a chanté la guerre :
Qu'elle célèbre un Roi que notre amour
De ses sujets a surnommé le père.

Fille des Rois, toi que d'affreux malheurs
Ont fait gémir dès l'âge le plus tendre,
A tes genoux nous répandons ces pleurs,
Qui du martyr vont réchauffer la cendre !!! (7)

Oui ! de ce jour les auspices touchans
Portent la joie en mon ame attendrie !
Braves Français, que vos nobles accens
Célèbrent Dieu, le Prince, la Patrie !!!

Le Retour de la Royauté.

AIR : *J'ai vu partout dans mes voyages.*

Un voile couvrait la nature ;
Dans nos champs et dans nos guérets
On ne voyait plus pour verdure
Que de noirs ifs et des cyprès.
Mais les cris de notre souffrance
Sont montés jusqu'à Saint Louis ;
Et Dieu, par lui, rend à la France
Bourbon, le bonheur et les Lys.

Quand le lys, dans notre patrie,
Tomba sous la faulx des méchans,
Nous avons dit : ô fleur chérie,
Tu renaîtras dans quelque tems !
O Providence ! enfin tu règles
Les destins de tous les pays :
L'occident est fait pour les aigles,
La France est faite pour les lys.

LOUIS, Monarque magnanime,
Le Ciel te rend donc à nos vœux !
Ta clémence pardonne au crime,
Qui va fuir nos climats heureux.

Plus de peines, même en pensée...
Et déjà par toi réunis,
Pleurs de plaisir sont la rosée
Que nos yeux versent sur les lys.

Du saint transport qui nous anime
Je voudrais chanter les élans :
Quel motif touchant et sublime !
Retour d'un père à ses enfans !
Mais je ne puis que faire entendre
Ces cris, répétés de vos cris :
Vive à jamais, vive Alexandre !
Vive BOURBON ! vivent les lys !

M. Rizaucourt.

Hymne sur le retour du Roi.

MUSIQUE DE P. HÉDOUIN.

Salut à ces Rois magnanimes,
Nobles conquérans de la paix !
Salut à ces héros sublimes,
Chers aux cœurs de tous les Français !
Plus de tourmens et plus d'alarmes;
Bientôt vont refleurir les lys :
Chantons ce refrein plein de charmes :
Vive Louis ! vive Louis ! !

Le plus sage des Rois s'avance;
Le ciel le rend à notre amour.
O Monarque cher à la France !
Hâte l'instant de ton retour.
La France dépose les armes
Aux pieds de ses princes chéris;
Chantons ce refrein plein de charmes :
Vive Louis ! vive Louis ! !

En lui tous les vœux se confondent,
La France se lève à la fois;
Nos bouches et nos cœurs répondent :
« Honneur au fils de tant de Rois ! »

Il vient pour essuyer nos larmes,
Et régner sur des cœurs soumis ;
Chantons ce refrein plein de charmes :
Vive Louis ! vive Louis ! ! (8)

M. le Baron d'Ordre.

Le Retour de LOUIS XVIII.

Vers faits à son passage à Boulogne

LE 27 AVRIL 1814.

La Paix, sur un chemin couvert de mille fleurs,
S'avance dans nos murs et remplace Bellone;
La joie enivre tous les cœurs,
L'airain frémit!... le bronze tonne!...
Mais ce bruit n'a plus rien qui puisse nous troubler:
L'orage est dissipé... notre triste Patrie,
Libre enfin de la tyrannie,
Après vingt ans de maux a cessé de trembler!
D'un monstre affreux le pouvoir sanguinaire
Pesait sur nos fronts asservis;
A tous les souverains il déclara la guerre,
Il voulait qu'à son char ils fussent tous soumis.
Pour punir nos erreurs, pour expier un crime
Dont le meilleur des Rois fut l'auguste victime,
Le ciel en sa fureur déchaîna dans nos champs
Ce tigre, reste impur de ces lâches brigands
Que la Corse nourrit, et que Rome et ses braves
Refusaient de placer même au rang des esclaves!

Dieu sensible à nos pleurs, à notre repentir,
S'est enfin occupé de notre délivrance;
Et ministres de sa clémence,
Ces soldats qui du nord venaient pour envahir
Et partager entr'eux les débris de la France,
(Tels étaient les discours qu'en sa sombre démence
Buonaparte osait tenir),
Ces soldats, nos amis, nos vengeurs et nos frères,
Nous présentent l'olive ! ... Au trône de leurs pères,
A notre hommage, à notre amour,
Les Bourbons sont rendus ! ... Salut à ce beau jour,
Dont l'aurore brillante apparaît sur nos têtes !
L'airain qui retentit est le signal des fêtes;
Un peuple entier se lève au retour de son Roi !
De tous les yeux coulent de douces larmes,
Le guerrier dépose les armes,
Le calme a remplacé l'effroi ! !
Les fils qu'on rend aux vœux d'une mère chérie
Sont pressés sur le sein qui leur donna la vie;
Louis, Louis paraît ! ... la Discorde s'enfuit ...
De son flambeau divin la céleste Espérance
Déverse les rayons sur notre belle France.
La lumière succède aux horreurs de la nuit;
Et des Rois alliés l'union fraternelle
Promet aux nations une paix éternelle ! (9)

Reposez-vous !

Sur l'air : le premier pas.

Reposez-vous, après tant de fatigue,
Français ! ce jour doit vous être bien doux !
De votre sang un tyran trop prodigue
Ne brave plus des Rois la sainte ligue ;
Reposez-vous.

Reposez-vous, enfans de la victoire ;
Bellone enfin a calmé son courroux.
Lorsque la Paix, au temple de Mémoire,
Inscrit vos noms, consacre votre gloire,
Reposez-vous.

Reposez-vous, magistrats tutélaires,
Vous si long-tems abreuvés de dégoûts;
Ils ne sont plus ces décrets sanguinaires,
Que de vos pleurs vous arrosiez naguères :
Reposez-vous.

Reposez-vous, souverains magnanimes,
Qu'un Dieu clément a conduits parmi nous.
De tant d'erreurs généreuses victimes,
Princes Français, Monarques légitimes,
Reposez-vous !

M. *** (10)

Le Retour du Lys,

ALLÉGORIE SUR LA RÉVOLUTION FRANÇAISE

Et sur la restauration de la Royauté.

Une fleur, dont la couleur est celle de l'innocence, dont le symbole est celui de la pureté, le lys croissait dans le plus beau jardin du monde, à l'abri des doux oliviers. Auprès de lui se trouvait placée une rose superbe, mère de deux boutons, espérance de ce jardin, et qui partageaient avec elle et le lys l'amour et l'admiration des fleurs qui les entouraient. Un orage affreux vint à fondre sur le jardin; les vents et la foudre y causèrent les plus grands ravages : longtems ils s'en disputèrent les tristes débris; et le lys, la rose, la pensée, et l'un des deux boutons, arrachés de leur tige, périrent au milieu de la tempête. Combien d'autres fleurs éprouvèrent le même sort! Le Jardin, naguères si brillant, ne présentait plus à l'œil attristé qu'un vaste tombeau.... Les restes de la noble famille du lys, échappés comme par miracle à la fureur des autans, avaient fui la mort qui les menaçait. Transplantés sur une terre étrangère, où la plus touchante hospitalité leur était prodiguée, ils tenaient cependant aux beaux lieux qui les avaient vus naître. Un instant l'orage sembla s'appaiser : un instant on espéra que la noble famille reparaîtrait ; mais ce calme trompeur, semblable à celui que le navigateur éprouve quelquefois sur les vastes plaines de l'Océan, et qui est le présage d'un destin sinistre, ne dura pas. Un vent, tel qu'on n'en avait jamais vu de semblable, s'éleva par gradations, et bouleversa de nouveau le Jardin. Capricieux dans ses effets, il paraissait pour quelques instans calmer sa fureur ; et lorsque les fleurs avaient repris racine, que de jeunes boutons venaient à les décorer, il les moissonnait avec impétuosité. Partout la mort marquait son affreuse puissance !!! En vain la Scabieuse aux couleurs mélancoliques, le laurier au feuillage toujours verd, l'acacia, fils de la douce amitié, se présentèrent sur son passage, et cherchèrent à l'arrêter dans son horrible course : il les déracina sans pitié !... Plus que jamais l'espérance avait fui !... Mais tout-à-coup le ciel se calme ; le vent furieux est abattu ; il disparaît de l'horison qu'il avait si longtems assombri ; et les doux zéphirs ramènent sur leurs ailes fécondes les restes de la noble famille du lys. De nouveau elle règne dans le jardin; elle ranime les fleurs qui ont échappé à tant d'orages. L'ordre se rétablit: l'olivier renaît plus verd et plus beau; sa feuille se confond avec celle du laurier; et cette douce réunion, qui consacre le retour du lys, promet enfin une félicité sans partage!...

MOIS DE MARS 1815.

Chant de Douleur.

MUSIQUE DE L'AUTEUR DES PAROLES, NOTÉE N° 1er.

Un crêpe affreux vient de couvrir la France;
Je vois régner la tristesse et l'effroi ! (11)
Mon cœur n'a plus qu'une seule espérance;
C'est que le ciel nous rendra le *bon Roi !*

L'usurpateur, dans sa coupable audace,
Voudrait en vain nous soumettre à sa loi;
Le vrai français le brave et le menace;
Le vrai francais adore le *bon Roi!* (12)

Paraîs, Louis; les cohortes rebelles
A ton aspect s'enfuiront devant toi....
Paraîs, Louis, et tes sujets fidèles
Iront mourir sous l'étendart *du Roi!*

La Mort s'avance, et de sa faulx rapide
Tranche les jours d'un barbare sans foi:
Il va tomber, le fils de l'Euménide,
Il va tomber... Vive à jamais *le Roi!!!*

CHANT de DOULEUR,

Au mois de Mars 1815.

PAROLES et MUSIQUE de P. HÉDOUIN.

B.R

(Gravé par Richomme, à Paris, Rue St. Jacques, N° 250.)

Chant d'Indignation.

AIR : *Mourir pour la patrie.* (14)

Le despotisme, en sa fureur,
Dans nos champs sème le carnage;
Le régime de la terreur
A reparu sur ce rivage.
Nobles Français, citoyens généreux,
Redoublez d'énergie;
Du joug le plus affreux
Secouez l'infamie !!!

Où vont ces farouches brigands, *(15)
Ces vils suppôts de la vengeance ?... (16)
Enfoncer leurs poignards sanglans
Au sein des sauveurs de la France.
Nobles Français, citoyens généreux,
Redoublez d'énergie;
Du joug le plus affreux
Secouez l'infamie !!!

Entendez leurs barbares cris :
« Mort aux vertus ! honneur aux crimes ! » (17)
Voyez-les d'un œil de mépris
Compter leurs nombreuses victimes.

Nobles Français, citoyens généreux,
Redoublez d'énergie;
Du joug le plus affreux
Secouez l'infamie!!!

Le tigre corse l'a juré,
Dans son ame en forfaits féconde!
Il veut, de ruines entouré,
S'asseoir sur les débris du monde! (18)
Nobles Français, citoyens généreux,
Redoublez d'énergie;
Du joug le plus affreux
Secouez l'infamie!!!

Quittez ces sinistres couleurs,
Signal du démon des conquêtes;
Et que du lys les blanches fleurs
Ornent vos seins, parent vos têtes!
Nobles Français, citoyens généreux,
Redoublez d'énergie;
Du joug le plus affreux
Secouez l'infamie!!!

Bonaparte.

De crimes et d'erreurs monstrueux assemblage,
Ce mortel étonnant a froissé tous les cœurs ;
Son génie est un feu dont les sombres lueurs
Ont porté parmi nous le trouble et le ravage. (19)

Maxime de Bonaparte.

Du sang! du sang! du sang! C'est lui qui fait les Rois:
Le fer et le poison sont plus forts que les lois! (20)

LE BARDE GAULOIS.

CHANT GALLIQUE

Composé pendant le séjour du Roi à Gand,

ACCOMPAGNEMENT de PIANO par OBERT.

Paroles et Musique de P. Hédouin.

Moderato, marziale.

Printems sa-cré 'e nesse valeu-reu-se qu fais ger-

mer l'honneur du sang Gau-lois en si-len-ce é-u-te a voix, d'un 'eu-ne Barde à l'ame gé-né-reu-se sem-bla-ble au parfum o-do-rant qu'é-xhale u-ne ri-ve fleu-

Ped.

ri-e e sa har- le son bril-lant chan-te l'a-mour et la Pa-tri-e e sa har-pe le son bril-lant chante l'a-mour et la Pa-t-i-e.

D.C. à la Ritournell

(Gravé par Richomme, à Paris, Rue S^t. Jacques, N°. 230.)

Le Barde Gaulois, (21)

STANCES

Composées pendant le séjour du Roi à Gand.

MUSIQUE DE L'AUTEUR DES PAROLES, NOTÉE N° 2.

Printems sacré, jeunesse valeureuse,
Qui fais germer l'honneur du sang gaulois,
En silence écoute la voix
D'un jeune barde à l'ame généreuse.
Semblable au parfum odorant
Qu'exhale une rive fleurie,
De sa harpe le son brillant
Chante l'honneur et la patrie.

Que deviendrait le passé sans la lyre ?
Il dormirait dans la nuit du tombeau ;
Ainsi qu'un vacillant flambeau,
Il s'éteindrait pour tout ce qui respire.
Mais si le Barde, en son transport,
Redit l'infortune sublime,
Vainqueur de l'oubli, de la mort,
Soudain le passé se ranime !

N'est-ce pas lui qui transmit à l'histoire
Du roi Loïs l'exil et les malheurs ? (22)
    Ne fait-il pas couler nos pleurs
Au souvenir de sa noble mémoire ?
    Et quand du soldat furieux
    Il peint la trahison infâme,
    Oui, tout Gaulois ami des Dieux
    De douleur sent briser son ame !

Sa voix encore a chanté l'héroïne
Qui près du trône ayant vu son cachot,
    Victime du plus noir complot,
Ne dut le jour qu'à la bonté divine.
    De son courage véhément
    Sa harpe a rappelé les charmes,
    Et flêtri ces Gaulois en armes
    Qui parjurèrent leurs sermens! (23)

Souvent le soir, du sommet des montagnes
Quand disparaît l'astre brûlant du jour,
    Modulant doux soupirs d'amour,
Le Barde au loin enchante nos campagnes;
    Par lui, la douleur, le plaisir,
    L'amitié, la honte, la gloire,
    Jusque dans les tems à venir
    Se retracent à la mémoire.

FRAGMENS

d'une Épitre sur le retour de Bonaparte.

O crime ! ô trahison ! dans nos murs attristés,
On entend retentir les pas ensanglantés
De ce Corse inhumain, que l'enfer en furie
Une seconde fois impose à ma Patrie !
Au bruit de ses discours perfides, corrupteurs,
Ou d'audace ou d'effroi palpitent tous les cœurs!
Le juste est terrassé, le méchant se ranime;
Et brisant ses liens, s'échappant de l'abîme
Où les Rois alliés le tenaient abattu,
Du mal l'affreux génie, hélas! a reparu !

. . . .

. . . .

. . . .

Quand je vois un D..., geolier sous Robespierre, (24)
Obtenir d'un tyran qui ravagea la terre
Le signe glorieux qui n'est dû qu'à l'honneur,
Qui pourra m'empêcher de crier à l'horreur ?
Qui pourra de mes vers enchaîner l'énergie,
Lorsqu'un traître, couvert de boue et d'infamie,

Un Ney, dont le nom seul appelle le mépris,
De sa défection reçoit l'indigne prix,
En guidant ces soldats, enfans de la victoire,
Dont lui seul a terni les lauriers et la gloire! (25)
Oui, dussé-je périr par le fer assassin
Qui frappa Pichegru, Palm, Frotté, d'Enghien,
Dussé-je en ce donjon, à l'aspect froid et sombre,
D'innombrables proscrits grossir encor le nombre,
Mon pinceau par la peur bien loin d'être arrêté,
Fidèle à la vertu, dira la vérité.
Eh! qu'importe la vie en ces tems de misère?
Où l'honneur n'est qu'un mot, la loi qu'une chimère!
Où sous le règne affreux des Caïus, des Néron,
Pour l'homme généreux il n'est plus de pardon!
De pardon! qu'ai-je dit? et qui le leur demande?
Trop heureux de mourir, et loin qu'il se défende,
Le vrai Français, l'ami de son Dieu, de son Roi,
Monte sur l'échafaud sans honte et sans effroi.

. . . .

. . . .

JUILLET 1815.

Couplets composés sur le retour du Roi.

AIR : *Vive Henri IV.*

De l'espérance
Chantons l'hymne chéri,
Puisqu'à la France
Le Ciel enfin rendit
La Paix, la clémence,
Dans le fils de Henri.

Aux jours d'orages
Succède le bonheur ;
Sur ces rivages
Il n'est plus de ligueur,
Et dans leurs hommages
Les Français n'ont qu'un cœur.

Vœu d'un Français,

Le Jour de la Saint-Louis.

Air : *Il est trop tard.*

Embrassons-nous ! l'union la plus pure
Doit exister entre les cœurs français ;
De nous aimer un bon Roi nous conjure,
Et son retour est un gage de paix :
Embrassons-nous !

Embrassons-nous ! de la nature entière
Nous recevons l'exemple le plus beau ;
Le jeune ormeau s'unit avec le lierre,
Et le zéphir caresse le ruisseau :
Embrassons-nous !

Embrassons-nous ! fuyez de la pensée,
Troubles civils et meurtriers combats !
Au fier laurier l'olive est enlacée,
Contre son sein la paix presse Pallas :
Embrassons-nous !

Embrassons-nous! de lys ceignons nos têtes;
Vive Louis! il a séché nos pleurs :
Ce jour devient la plus douce des fêtes,
Ce jour sacré rapproche tous les cœurs!
Embrassons-nous!

Couplets pour le Banquet de la St.-Louis.

Air : *A boire, à boire!*

A boire, à boire, à boire!
Bannissons l'humeur noire!
A la santé du bon Louis!
Le vin fait éclore les lys.

Air : *Mon galoubet.*

Pendant longtems
On vit les pleurs de la souffrance
Couler dans nos villes, nos champs;
Louis, seconde Providence,
Revient, et l'on va rire en France
Pendant longtems.

Air : *Le Sultan Saladin.*

Plus de meurtriers combats,
Du plaisir les doux ébats
Vont occuper notre vie;
Et si la ligue ennemie

Trouvait que ce n'est pas bien,
Très-bien,
Fort bien,
Cela ne nous blesse en rien :
« Chacun, dirons-nous, dans la France
» A son tour danse. »

Air : *A boire !*

A boire, à boire, à boire!
Bannissons l'humeur noire!
A la santé du bon Louis!
Le vin fait éclore les Lys.

Air : *Aussitôt que la lumière.*

Du Roi j'aime la clémence :
Il est beau de pardonner!
Mais il est des gens en France
Qu'on ne doit pas épargner.
Ça, que la justice plane,
Et que dans chaque tonneau,
La déesse les condamne . . .
A ne trouver que de l'eau.

AIR : *A la façon de Barbari.*

Pour celui qui vint envahir
Le trône d'un bon père,
Et qui tour-à-tour fit périr
Et l'enfant et la mère,
Je veux qu'un aimable huron
La faridondaine, la faridondon,
Le rase d'un air bien poli
Biribi,
A la façon de Barbari,
Mon ami.

AIR : *A boire !*

A boire, à boire, à boire !
Bannissons l'humeur noire !
A la santé du bon Louis !
Le vin fait éclore les lys.

AIR : *God save the King !*

O Louis ! ô mon Roi !
Vivre et mourir pour toi,
C'est notre loi !

Reçois, ange de paix,
Pour prix de tes bienfaits,
Le vœu des Boulonnais :
Vive le Roi !

Ronde des Boulonnais

Pour la Fête de la Saint-Louis.

Air : *Allons, gai, gai, mon Officier !*

Allons, gai, gai, braves amis,
Dans cette aimable fête
Que tous les vœux soient réunis
Pour célébrer Louis.

Assez longtems la France
De ce Roi, notre amour,
A déploré l'absence ;
Puisqu'il est de retour,
Allons, gai, etc.

Vos enfans, bonnes mères,
N'ont plus à redouter
Les décrets sanguinaires
D'un illustre boucher :
Allons, gai, etc.

Le Ciel détruit l'empire
Fondé sur nos malheurs,
L'Europe enfin respire;
Plus de sang, plus de pleurs :
Allons, gai, etc.

Sous l'abri tutélaire
Des lois et de la Paix,
Un bon Roi, notre père,
A placé les Français :
Allons, gai, etc.

Au sein de leurs familles
Nos braves sont enfin ;
Quel plaisir pour nos filles !
Mais gare à notre vin !
Allons, gai, etc.

Le Boulonnais fidèle
Répète avec émoi :
« Rivalisons de zèle
» Et d'amour pour le Roi. »

Allons, gai, gai, braves amis,
Dans cette aimable fête
Que tous les vœux soient réunis
Pour célébrer Louis !

COUPLETS

à Mlle Augustine de N***,

Le Jour de sa Fête.

AIR : *J'étais bon chasseur autrefois.*

A vous fêter c'est bien envain
Que ma pauvre muse s'obstine,
Les fleurs qui parent son jardin
Sont-elles dignes d'Augustine?....
Dans un berceau mystérieux
Je vois des lys, une pensée :
Que puis-je vous offrir de mieux?
Voilà ma muse consolée.

Le lys peint l'éclat, la candeur,
Qui distinguent votre belle ame :
Le lys est la première fleur
Pour qui chérit son ROI, MADAME!
Courbé sous de sombres autans,
S'il avait déserté la France,
Il vivait dans vos sentimens,
Sa racine était l'espérance!

La pensée aux tendres couleurs
Fut votre compagne fidèle :
Combien vous trouviez de douceurs
A vous consoler avec elle !
De votre époux, de votre Roi,
Elle sut adoucir l'absence ;
Les aimer était votre loi,
Et les revoir votre espérance !

Ce jour heureux est arrivé,
Plus de regrets, plus de tristesse :
Les pleurs du chagrin ont changé
En pleurs de plaisir et d'ivresse !
Ici tous les cœurs sont unis,
Dans tous les yeux la gaîté brille ;
Pour vous fêter, parens, amis,
Forment une seule famille !

Ronde des Boulonnais,

AU 19 DÉCEMBRE 1815,

Anniversaire de la Naissance de MADAME,

Duchesse d'Angoulême.

AIR : *Nous n'avons qu'un tems à vivre.*

Mes amis, de l'allégresse
Goûtons en paix les douceurs !
Chantons la noble duchesse
Qui règne sur tous les cœurs ! *(bis et en chœur)*.

En son ame la vertu brille ;
Que sur nous elle a de droits !
Puisqu'elle est l'amie et la fille
Du meilleur de tous les rois !

Mes amis, de l'allégresse, etc.

Quand Louis, en versant des larmes,
Dans l'exil plaignait nos maux,
Quel ange calmait ses alarmes...
L'héroïne de Bordeaux.

Mes amis, de l'allégresse, etc.

Lorsque l'enfer sur ce rivage
  Ramena l'usurpateur,
Madame, en son noble courage,
  Sut braver tout pour l'honneur.

  Mes amis, de l'allégresse, etc.

Français, prenons-la pour modèle !
  Quels que soient les coups du sort,
Au Roi chacun de nous fidèle
  Jure à la vie, à la mort !

  Mes amis, de l'allégresse, etc.

O Ciel ! éternise la vie
  Des enfans du bon Henri !
Le Roi, Madame, et la Patrie !
  Du Boulonnais c'est le cri.

  Mes amis, de l'allégresse
  Goûtons en paix les douceurs !
  Chantons la noble Duchesse
  Qui règne sur tous les cœurs !

MÉLANGES LYRIQUES.

« Une romance bien faite, n'ayant rien de
» saillant, n'affecte pas d'abord, mais chaque
» couplet ajoute quelque chose à l'effet des pré-
» cédens; l'intérêt augmente insensiblement, et
» quelquefois on se trouve attendri jusqu'aux
» larmes sans pouvoir dire où est le charme qui
» a produit cet effet.

J.-J. ROUSSEAU, *Dict. de musique, tome 2.*

MÉLANGES LYRIQUES.

SELMA,

Cantate Ossianique.

> La harpe d'Ossian est humide de pleurs, chacun de ses sons est un sanglot. Aussi n'est-ce pas à l'esprit, c'est au cœur à le juger.
>
> *M.* Baour-Lormian, *discours préliminaire des Poésies galliques.*

Sur un rocher désert qui menaçait la nue,
La plaintive Selma, seule, au déclin du jour,
Sur l'abyme des mers jetait au loin sa vue,
En attendant l'objet de son amour.
Oscar, le jeune Oscar a toute sa tendresse.
Depuis deux ans l'hymen a couronné leurs feux;
Depuis deux ans, dans leur ivresse,
Ils n'ont vu que des jours heureux!

Mais le roi de Morven a dit dans son courage
Au jeune Oscar : « Compagnon de mon sort,
» Il faut me suivre, et sur une autre plage
» Chercher la victoire, ou la mort! »
Ils sont partis; et Selma gémissante
Vient depuis lors interroger les flots :
Elle pleure! ... et sa voix touchante
Exhale sa peine en ces mots :

« Toi qui trouvais sur ce rivage
» Le bonheur que donne l'amour,
» Un ciel pur, des eaux, de l'ombrage,
» Peux-tu fuir un si doux séjour?

» Ah! si dans le fracas des armes
» Ton ame trouve des attraits,
» Si tu préfères à la paix
» Et les combats et les alarmes;

» Pourquoi dans ma juste douleur
» M'avoir défendu de te suivre?
» Ne sais-tu pas, idole de mon cœur,
» Que loin de toi je ne puis vivre. »

Cependant du soleil les rayons pâlissans
Fuyaient la cime des montagnes,
Et quand Selma vint à taire ses chants
L'humide crépuscule occupait les campagnes.

Bientôt, à la lueur de l'étoile du soir,
Elle aperçoit au loin une barque légère;
Les rames à grand bruit sillonnent l'onde amère,
Et dans son cœur renaît le doux espoir.
Le frêle esquif, poussé par un vent favorable,
Arrive près du bord .... un guerrier en descend...
Selma se précipite! ... ô destin lamentable!
Ce guerrier n'est pas son amant;
C'est le frère d'Oscar. « Dermide, lui dit-elle,
» Qu'est devenu celui qui faisait mon bonheur?
» Où sont tous ces héros dont l'escorte fidèle
» Devait le ramener vainqueur? »

Tristement appuyé sur le fer de sa lance,
Dermide à ce discours répond par des sanglots;
Mais enfin il rompt le silence,
Et d'une voix lugubre il profère ces mots:

« O fille de Tromner, laisse couler tes larmes!
» J'apporte dans ces lieux la douleur et la mort:
» Echappé seul au désastre des armes,
» J'y viens de nos guerriers dire le triste sort!

» Oscar, à qui tu fus si chère,
» Oscar, dont la valeur veillait sur nos climats,
» A terminé ses jours au milieu des combats.
» Tu pleures un époux!... et moi je pleure un frère!...»

A peine il achevait... comme une tendre fleur
Qu'arrache sans pitié la tempête ennemie,
Selma tombe... et bientôt le flambeau de sa vie
Se consume et s'éteint, d'amour et de douleur.

Sous le gazon on déposa ses restes.
Dermide de ses pleurs les couvre tous les jours :
Tout semble dans ces lieux funestes
Garder le souvenir d'aussi tristes amours.

Lorsque le vent du nord siffle dans la bruyère,
Quand de l'astre des nuits l'incertaine lumière
Vient éclairer cet asile touchant,
On croit entendre un sourd gémissement
S'exhaler de dessous la pierre
Qui recouvre le monument,
Et d'échos en échos repété faiblement
Parcourir en mourant la rive solitaire.

Sur la Musique d'Eglise.

FRAGMENT D'UN OUVRAGE SUR L'IMITATION EN MUSIQUE.

Il n'est point d'art qui s'allie mieux avec la grandeur de la religion chrétienne que l'art musical. Tout culte doit essentiellement toucher l'ame pour amener les hommes à embrasser les dogmes qu'il établit; et la musique exerce par elle-même tant d'empire sur les êtres doués d'une certaine sensibilité que ses effets magiques, coordonnés avec la noblesse des cérémonies religieuses, contribuent puissamment à leur donner cet éclat et cette majesté qui les rendent si sublimes. Laissons dire ceux dont les cœurs stériles et froids n'ont jamais soupçonné le beau, et qui, dans leur triste rigorisme, osent prétendre qu'on doit bannir de nos temples ces pieux concerts, ces chants harmonieux et angéliques, qui ont tant de charmes !.. Selon eux, la divinité s'en offense; selon eux, les sons des instrumens et des voix causent des distractions qui éloignent du but qu'on se propose en fréquentant les lieux consacrés à l'exercice du culte. Vain sophisme qu'un tel langage ! Et l'on doit ajouter que l'ignorance et la barbarie peuvent seules le soutenir. Est-ce que les morceaux qui s'exécutent dans les églises ne sont point analogues aux fêtes qu'on y célèbre ? Est-ce que, loin d'en affaiblir l'idée, ces morceaux, qui expriment avec énergie les pensées des poëtes chrétiens, qui donnent une couleur nouvelle à la sublimité des Écritures, qui concourent à l'impression qu'elles doivent produire, ne sont pas faits pour exalter davantage les ames et pour les élever avec plus de force vers celui dont la religion est tout amour, toute harmonie ? Moïse, David, ces premiers législateurs hébreux, n'appelaient-ils point à leur secours l'art musical pour louer dignement le Saint des Saints ? Les filles de Sion ne charmaient-elles point, dans la terre étrangère, l'ennui de l'exil et l'absence des tentes paternelles, en modulant sur la harpe les chants mélancoliques des prophètes ? Et dans des tems plus rapprochés de nous, l'un des plus grands et des plus beaux génies dont s'honore le christianisme ne fut-il pas le fondateur de la musique religieuse dans nos temples ? Non, je ne craindrais pas de dire à l'homme qui pourrait entendre les compositions des Léo, des Durante, des Pergolèze, sans être ému jusqu'à verser des larmes, qu'il ne sera jamais susceptible d'aucune action grande, généreuse; que pour lui le malheur sera toujours sans intérêt, et la vertu sans charmes.

A la Mémoire de mon père.

MUSIQUE DE M. GARAUDÉ.

> Padre, ô buon padre! che dal
> Ciel rimiri, egro èmorto ti piansi,
> E ben tu sai
> Se gemedo scaldai
> La tomba ei letto.
>
> TASSE. *Veillées.*

Voici l'instant où la Parque inflexible
Trancha les jours du meilleur des mortels:
Que le tribut de mes regrets cruels
Soit accepté de son ombre sensible !
Faible jouet d'écueils environné,
Je cherche en vain un abri sur la terre;
Mon cœur me dit : Enfant infortuné !
On n'a plus rien quand on n'a plus son père !

Il m'en souvient, quelle était mon ivresse
Quand dans ses bras je me sentais presser !
Qui près de moi pourra le remplacer ?
Qui me rendra ses conseils, sa tendresse ?

Pour soulager mon douloureux ennui,
J'irai revoir sa tombe solitaire;
Car le bonheur à jamais s'est enfui :
Puis-je y songer quand je n'ai plus mon père?

Lorsqu'il vivait je rêvais à la gloire :
Son indulgence excitait mes progrès;
Et si par fois j'obtenais des succès,
Quels doux baisers signalaient ma victoire!
D'un vain laurier le charme a disparu,
Et maintenant le seul bien que j'espère,
C'est d'obtenir, en servant la vertu,
Qu'on dise un jour : « Il ressemble à son père. »

Réponse aux Vers précédens.

Pardonne, ami, si ma muse imprudente
S'oublie au point d'oser te censurer:
Ah, mieux que moi nul ne sait admirer
Les vers charmans que ta douleur enfante !
Mais je voudrais qu'en consultant son cœur,
Sans être injuste on pleurât sur son père :
Dis-moi, pourquoi renoncer au bonheur :
N'a-t-on plus rien lorsque l'on a sa mère ?

Comme ton père, avec la même ivresse,
Entre ses bras elle peut te presser !
Tous ses baisers, tu peux les retrouver ;
Elle te rend ses conseils, sa tendresse.
Et cette sœur, que tu vois tous les jours,
L'oublierais-tu dans ta douleur extrême ?
Quoi, le bonheur s'est enfui pour toujours :
Eh, n'est-ce rien qu'une sœur qui nous aime ?

Ce n'est pas tout: quand ta sensible amante
Vient à tes pleurs associer ses pleurs;
Quand son amour, pour charmer tes douleurs,
T'offre un baiser sur sa lèvre brûlante ;

Quoi, tu renonce au bonheur, au repos ;
Quoi, les lauriers ne te ſont plus envie ?
Ah, mon ami, sent-on encor des maux
Entre sa sœur, sa mère et son amie ?

M, Chevalin, *Avocat.*

L'Infidélité d'Annette.

MUSIQUE DE M. CATRUFFO.

Près des bords où l'Évan paisible
Roule le cristal de ses flots,
Mysis, malheureux et sensible,
Exhalait sa peine en ces mots :

« Le doux printemps à la nature
» Vient rendre toute sa fraîcheur:
» Hélas ! le deuil est dans mon cœur;
» Ne puis admirer sa parure.

» C'est dans cette aimable saison
» Que je connus la jeune Annette;
» C'est dans ces lieux que la coquette
» A triomphé de ma raison.

» Je t'aimerai, me disait-elle,
» Tant que cette onde coulera;
» Tant que le printems renaîtra,
» Mysis, je te serai fidèle.

» Hélas ! de ce fleuve argenté
» Le cours est plus rapide encore;
» Sa rive de fleurs se décore,
» Et la perfide m'a quitté !

» Sur des bords lointains et sauvages
» Ne porterai pas ma douleur ;
» Souffrir près d'elle, c'est bonheur !
» Je veux mourir sur ces rivages.

» Victime d'une ingrate amie,
» Sur ma tombe l'on gravera :
» On le trahit, il expira ;
» Voilà l'histoire de sa vie. »

Velléda,

Chant Gallique, dédié à GRÉTRY.

MUSIQUE DE L'AUTEUR DES PAROLES.

Chez les enfans des Druides, les passions sont sérieuses, et leurs conséquences terribles.

M. DE CHATEAUBRIAND, *les Martyrs.*

Sur le sommet d'un rocher druidique,
Que la lune éclairait de ses pâles rayons,
De Velléda le chant mélancolique
Accusait en ces mots le vainqueur des Bretons :

« Trop cher auteur du trouble de mon ame,
» Toi que j'adore et qui me fais mourir,
» Toi qui m'enlève au plus doux avenir,
» En dédaignant mes soupirs et ma flamme,
» Reçois ici mes éternels adieux :
» Je descends dans la tombe où dorment mes aïeux. »

» Au bord du lac, sous l'ombrage des saules,
» T'entretenir de son brûlant amour,
» Auprès de toi voir couler chaque jour,
» C'était le vœu de la fille des Gaules !
» Donne un soupir à ses tristes adieux,
» Et repecte la tombe où dorment ses aïeux.

» Déjà des blés la première verdure,
» Que Velléda ne verra pas jaunir,
» Dans ces sillons commence à revenir,
» Et son aspect console la nature.
» Moi je lui fais mes éternels adieux,
» Et descends dans la tombe où dorment mes aïeux.

« N'as-tu pas vu cette mousse flétrie
» Que l'aquilon déposa sur ton sein ?
» Telle je suis, et tu me fuis envain :
» L'amour partout t'amène ton amie ;
» Elle te fait ses éternels adieux,
» Et descend dans la tombe où dorment ses aïeux.

» Tant de froideur et m'indigne et me blesse ;
» Est-ce qu'un trône a pour toi des appas ?
» Parle... en secret j'armerai mes soldats,
» Et tu devras l'empire à ma tendresse !
» Mais non... reçois mes éternels adieux :
» Elle s'ouvre la tombe où dorment mes aïeux. »

La Retraite,

ROMANCE

Dédiée à M. Em. Dupaty,

Auteur des Couplets sur l'Intimité.

MUSIQUE DE CATRUFFO.

Du monde et de son vain fracas
Que mon ame est désabusée !
Si je lui trouvai des appas,
Ils ont fui loin de ma pensée.
Son éclat ne peut me tenter,
Il ne peut enivrer ma tête :
Écoutez-moi... je vais chanter
Les doux charmes de ma retraite.

Dans un vallon délicieux
S'élève un modeste ermitage,
Fruit du travail de bons aïeux,
Dont la vertu fut l'apanage.

Des oiseaux les chants séducteurs,
Un ruisseau qui fuit sur l'herbette,
Des bois, de l'ombrage et des fleurs,
Sont les trésors de ma retraite.

Si je n'ai point de vil flatteur
Qui divinise mes caprices,
Je ne crains pas dans le malheur
Sa trahison, ses injustices.
Cercle d'amis toujours nouveau,
Mes enfans et ma chère Annette,
Bon La Fontaine, et toi, Rousseau,
Vous embellissez ma retraite.

Théâtres des arts corrupteurs,
Bals brillans, concerts, comédie,
Vos plaisirs sont trop près des pleurs:
Ah! ce n'est pas vous que j'envie!
J'aime bien mieux voir mes enfans,
Au son d'une douce musette,
Comme des agneaux bondissans
Égayer ma simple retraite.

Sans m'élever à la hauteur
D'une obscure philosophie,
Je nourris au fond de mon cœur
L'espérance d'une autre vie:

Aussi, quand de son crêpe noir
La parque voilera ma tête,
D'un beau jour ce sera le soir
Qui planera sur ma retraite.

O toi, qui de l'intimité
As célébré la douce flamme !
Toi, que vers l'immortalité
Portent ton génie et ton ame ;
De tes jours, chers à tous les cœurs,
Lorsque la course sera faite,
L'asile chéri des neuf sœurs,
L'Hélicon sera ta retraite.

Promenade à Ermenonville.

MUSIQUE DE L'AUTEUR DES PAROLES.

Salut, Ermenonville ! ô toi dont l'ermitage
Du plus grand des humains fut l'heureux confident !
A son ombre sensible apportant mon hommage,
Je viens de simples fleurs orner son monument.

Sous ce dôme formé d'une douce verdure,
Fuyant ses envieux et ses admirateurs,
Jean-Jacques retrouva cette volupté pure
Que ses divins récits font passer dans nos cœurs.

Combien de fois en proie à cette rêverie
Que l'ame aimante éprouve et ne peut définir,
Des larmes qu'il devait à la mélancolie
Il grossit ce ruisseau qu'agitait le zéphir.

Combien de fois aussi, dans ces vertes campagnes,
De l'auguste nature épiant le réveil,
On le vit, au sommet des plus hautes montagnes,
Saluer à genoux le lever du soleil.

O désespoir ! l'envie abrégea la carrière
D'un sage à qui la Grèce eût dressé des autels !
Ainsi du dieu du jour éclipsant la lumière,
Un nuage parfois le dérobe aux mortels.

O vous qui, comme lui doués d'une ame ardente,
Chérissez la nature et chantez ses appas,
Cœurs sensibles, craignez sa parole enivrante :
Si vous aimez surtout, ah ! ne le lisez pas !

En faisant mes adieux à cette île chérie,
Je ne puis arrêter une larme.... un soupir !
De l'ami des vertus, du chantre de Julie,
Je quitte le tombeau.... mais pour y revenir.

Le Matin.

MUSIQUE DE M. PIGAULT DE BEAUPRÉ.

Je veux te saluer, ô charme de l'aurore!
Je veux te saluer, ô printems d'un beau jour!
Des rayons du soleil l'horison se colore,
Ils vont dorant les monts et les champs d'alentour.

Au bruit majestueux de cette onde écumante
Vient se mêler la voix de l'humble laboureur;
Il s'échappe des bras d'une compagne aimante:
Pour lui le doux espoir remplace le bonheur.

Fuyant loin de sa couche, Aline la bergère,
Cherche en vain le repos sous ces ombrages frais;
Elle rougit et pleure en foulant la fougère
Où son cœur a perdu l'innocence et la paix.

Zéphir, que le sommeil sur la fleur demi-close
Avait pendant la nuit mollement arrêté,
S'éveille.... et de son souffle anime cette rose,
Qui ne vit qu'un matin, ainsi que la beauté.

Sur tes ailes, Zéphir, à celle que j'adore
Va porter les parfums de cette aimable fleur:
Dis-lui que dans ces lieux j'étais avant l'aurore,
Soupirant sur mon luth son nom et mon ardeur.

Dis-lui que du matin la vue enchanteresse,
Ces ombrages, ces fleurs, l'éclat du dieu des jours,
Sont moins doux qu'un regard, une simple caresse
De celle que mou cœur jure d'aimer toujours!

La nouvelle Nina.

MUSIQUE DE L'AUTEUR DES PAROLES.

Tu ne viens pas, toi que mon cœur adore!
As-tu trahi d'amour le doux serment?
Sur ce chemin je devance l'aurore,
Et chaque soir j'y redis en pleurant:
Tu ne viens pas!

Bouquet chéri, gage de sa tendresse,
Jusqu'au tombeau tu seras sur mon cœur!
Rappelle-moi ses transports, son ivresse,
Pour un moment rends-moi tout mon bonheur,
Bouquet chéri!

Plus de repos pour ta plaintive amie
Depuis le jour où tu quittas ces lieux!
Les bois, les fleurs, le ruisseau, la prairie,
Tout a changé, tout est triste à ses yeux:
Plus de repos!

O doux espoir! le ciel, que je supplie,
Va mettre un terme à mon affreux destin:
Je veux mourir.... Non... conservons la vie;
Qui sait?... *peut-être il reviendra demain:*
O doux espoir!

A l'Astre des Nuits.

MUSIQUE DE J. CATRUFFO.

O toi dont la douce lumière
Convient si bien à mon amour,
Tendre Phébé, que ta carrière
Vienne arrêter les feux du jour !
Quand de la nuit le voile sombre
A reçu ton disque d'argent,
Ami du silence et de l'ombre,
Mon cœur ne souffre plus autant.

En proie à la mélancolie,
J'ai vu s'enfuir le doux repos,
Et c'est dans les yeux de Délie
Qu'est la source de tous mes maux.
Astre dont le flambeau paisible
Éclaire les amans heureux,
Si Délie un jour est sensible,
Conduis ses pas dans ces beaux lieux.

Que ce ruisseau, dont l'onde pure
Arrose ces gazons rians,
Et que ce dôme de verdure
Reçoivent nos tendres sermens;

4

Mais si mon ame infortunée
Nourrissait un feu sans espoir,
Astre d'amour et d'hyménée,
Que je m'éteigne avec le soir !

L'Amante abandonnée,

Romance dédiée à Kreutzer.

MUSIQUE DE C. LAFFILÉ.

Berceau charmant, sombre et discret asile
Où mon ami se rendait chaque jour,
Où je goûtais, dans les bras de l'amour,
Bonheur si doux, si pur et si tranquille,
Quand te revois, mes pleurs et mes soupirs
Vont accusant un ingrat que j'adore;
De mes ennuis sois confident encore,
Toi qui le fus jadis de mes plaisirs!

Il m'en souvient.... que sa voix était tendre
Quand il disait : jamais ne changerai!
Jusqu'au tombeau, Lise, je t'aimerai!
Las! je le crus et me laissai surprendre;
Quand je cédais à sa brûlante ardeur,
Ne pensais pas qu'il serait infidèle:
Il est bien vrai; je puis être moins belle,
Mais n'ai-je pas toujours le même cœur?

En vain depuis je cherche à me distraire,
Le trait fatal est toujours dans mon sein;
Partout je traîne avec moi mon chagrin,
Toujours je suis plaintive et solitaire.
Amour me dit : pour charmer ton ennui,
Bergère, il faut former une autre chaîne;
Moi je réponds : point de trève à ma peine,
Car nul ne peut me plaire comme lui.

DIALOGUE

Entre Madame de la Vallière

ET UNE TOURTERELLE.

La Tourterelle.

Pourquoi, plaintive la Vallière,
Dans l'âge brillant des amours,
Au fond d'un sombre monastère
Consumer ainsi tes beaux jours?

La Vallière.

Hélas! gentille tourterelle,
J'eus le malheur d'aimer un roi.
Il m'adora longtems... je suis toujours fidèle...
L'ingrat soupire... et ce n'est plus pour moi!

La Tourterelle.

Comment il vit encore! et son ame inconstante
Est l'asile de nouveaux feux!
Chez nous, d'un jeune amant et de sa jeune amante
Le trépas seul peut rompre les doux nœuds.

La Vallière.

Heureux oiseaux ! guidés par la nature,
Vous ne changez jamais ni de toit ni d'amour ;
L'homme n'est pas ainsi : mon amant fut parjure,
Et moi je l'aimerai jusqu'à mon dernier jour.

—

ADIEUX

de Mlle de Mancini à Louis XIV.

C'en est donc fait ? vous fuyez votre amie !
L'ambition m'enlève votre cœur...
Comment pourrais-je aimer encor la vie
Lorsque vous seul faisiez tout mon bonheur ?

Louis! ... ah ! Dieu ! que ce nom a de charmes!
Louis ! .... en vain je voudrais t'oublier !...
Mais, plus d'espoir, puisque tu vois mes larmes
Et que ta main tarde à les essuyer.

Où sont ces jours d'amour et d'espérance,
Où m'enivrant du feu de vos regards,
Vous me juriez fidélité, constance ?
Vous êtes roi, vous pleurez... et je pars !...

Je pars ! ... bientôt l'éclat de la couronne,
Mille beautés s'empressant sur vos pas,
Vont occuper un cœur qui m'abandonne...
Soyez heureux !... mais ne m'oubliez pas !...

Mes Voeux.

Hoc erat in votis.
Hor. *Sat.* VI.

Si le ciel, propice à mes vœux,
Consent à prolonger ma vie,
Que mes jours couleront heureux
Auprès de mon aimable amie !

Mon cœur regarde avec pitié
L'ambition et la richesse;
Il eut toujours soif d'amitié,
D'honneur, d'estime et de tendresse.

Des prés, des bois, formant l'entour
D'une petite métairie;
Un peu d'argent, beaucoup d'amour,
Voilà les seuls biens que j'envie.

Après un champêtre repas
Qu'aura préparé ma compagne,
Rousseau, la Fontaine et Montagne,
Que vos leçons auront d'appas !

Ma Laure est douce, elle est sensible;
Des champs c'est bien la simple fleur:
Son ame est l'asile paisible
De la vertu, de la candeur.

Ah! je la vois dans mon ménage!
Que de bontés, quels soins touchans!
Auprès d'elle sont nos enfans;
J'écoute leur naïf langage.

Je les vois passer dans mes bras
Du sein d'une mère chérie:
Dans les orages de la vie
Je me vois dirigeant leurs pas.

Du flambeau de l'expérience
J'éclaire leurs premiers désirs,
Et j'écarte de leur enfance
Le goût des coupables plaisirs.

Que cet avenir a de charmes
Combien il enivre mon cœur!
Ah! s'il me fait verser des larmes,
Ce sont des larmes de bonheur!

Le Tombeau,

Romance dédiée à Mlle. Bouilly.

MUSIQUE DE POLLET.

Hic una ex nobis cecidit.
Une de nous est tombée ici.

BOUILLY. *Contes à ma fille.*

Des cyprès frappent mes regards :
Quel est ce tombeau solitaire ?
Pourquoi ces emblêmes épars,
Ces flèches qui jonchent la terre ?
De roses blanches un époux
Vient d'y laisser la douce offrande ;
J'approche et lis sous leur guirlande :
« Ici tomba l'une de nous. »

Près du champêtre monument,
Exhalant sa douleur amère,
J'entends gémir un faible enfant...
Sans doute il a perdu sa mère.

Ses yeux disent que c'est l'amour;
Mais il est chagrin et sans armes,
Et répète en versant des larmes:
« Mon bonheur a fui sans retour!

» Quel cœur irai-je conquérir
» Après celui de Mélanie?
» Ah! c'en est fait, je veux mourir,
» Puisqu'à mes vœux elle est ravie!
» Non, non, je ne trouverai plus
» Tant de grâces et de simplesse:
» Charmes, talens, beauté, jeunesse,
» Avec elle sont disparus!

» Semblable au printems de ses jours,
» A la fugitive ancolie,
» J'ai vu se fermer pour toujours
» Ses yeux pleins de mélancolie:
» J'ai vu, dans ce cruel moment,
» Sa main, gage de sa tendresse,
» Étreindre encore avec ivresse
» La main d'un époux, d'un amant!

» Adieu les jeux, adieu les ris,
Dit-il, en redoublant de larmes:
Soudain à ses regards surpris
Je m'offre, et lui rendant ses armes:

« Bel enfant, le sort a parlé:
» Pour calmer ta douleur mortelle,
» Vas habiter le cœur d'Estelle,
» Bientôt tu seras consolé ».

Plaintes d'une jeune Indienne

Abandonnée par son Amant.

MUSIQUE DE LEMOINE.

Il a donc fui !... c'est pour jamais,
L'ingrat que mon cœur aime encore.
En proie à mes sombres regrets,
Son inconstance me dévore.

Comment ne pas croire aux sermens
Dont cent fois il berça mon ame ?
Dans ses beaux yeux, du sentiment
Brillait la séduisante flamme.

Envain je voudrais l'oublier :
Tout dans ces lieux me le rappelle.
C'est quand je cherche à l'éloigner
Que son image est plus fidèle.

A nos transports ce verd palmier
Prêta son ombre hospitalière :
Chactas s'y rendait le premier....
Mais on m'y verra la dernière.

Sous ces acacias en fleur
On célébra notre hyménée;
Son cœur palpita sur mon cœur....
Heureuse et fatale journée!

Du bengalis les doux accens
Exprimaient alors notre ivresse;
Mais aujourd'hui pour moi ses chants
Sont chants de deuil et de tristesse.

Astre du soir, dont le flambeau
Éclaira la nuit la plus tendre,
Tu vas luire sur le tombeau
Qui contiendra ma froide cendre.

Fuyez la trompeuse douceur
D'un amour qui fait mon supplice:
Jeunes filles, que mon malheur,
Vous soit un exemple propice!

Choeur de Moïse,

DRAME LYRIQUE ET EN TROIS ACTES.

Le Peuple.

Louons à jamais l'éternel !
Il fertilise nos campagnes ;
Du haut des célestes montagnes
Son bras s'étend sur Israël.

Une Jeune Fille.

De lui la vierge solitaire
Obtient l'époux qu'elle chérit ;
C'est à lui que la jeune mère
Doit le fils que son sein nourrit.

Un Guerrier.

Les ennemis, dans leur coupable ivresse,
Menacent envain nos tribus :
De Jéhova la foudre vengeresse
Tonne... et bientôt ils ne sont plus.

Une Femme.

La prière de l'innocence,
Semblable au doux parfum des fleurs,
N'invoque jamais sa puissance
Sans voir s'adoucir des malheurs.

Un Vieillard.

Depuis l'insecte vil jusqu'au plus grand des hommes,
Tout disparaît, entraîné par le sort...
Le juste seul, après sa mort,
Habitera dans les divins royaumes.

Le Peuple.

Louons à jamais l'éternel!
Il fertilise nos campagnes:
Du haut des célestes montagnes
Son bras s'étend sur Israël.

Serment d'aimer toujours.

ROMANCE MISE EN MUSIQUE PAR L'AUTEUR DES PAROLES,

Et dédiée à J. Catrufo.

A peine exempt des froideurs de l'enfance,
Je soupirai d'infidèles amours;
Mais aujourd'hui ma devise est constance:
« J'aime Délie, et l'aimerai toujours. »

Sur nos coteaux, quand l'aube matinale
Vient éclairer nos paisibles amours,
Et quand du jour s'avance la rivale,
Mon cœur redit : « je l'aimerai toujours ! »

J'ai vu Laura : dans son œil bleu respire
Tout le désir, tout le feu des amours;
Mais à ses pieds j'ai chanté sur ma lyre :
« J'aime Délie, et l'aimerai toujours ! »

En vain Plutus, de sa voix avilie,
M'engage à fuir d'aussi douces amours :
Quel bien plus grand qu'une sensible amie ?
« J'aime Délie, et l'aimerai toujours ! »

Reçois mes vœux, toi que mon cœur adore :
Oui, tu seras mes dernières amours !
Viens, sur ton sein que je répète encore :
« J'aime Délie, et l'aimerai toujours ! »

Le Page de la Reine Marguerite.

Pourquoi faut-il, au printems de ma vie,
Cruel amour, me faire tant souffrir ?
Je n'ose, hélas ! appeler mon amie
Celle qui fait mon cœur battre et frémir.
Pauvre Olivier ! d'une semblable chaîne
Brise les nœuds : il en est temps encore...
Ah ! c'est en vain ! j'aime ma souveraine,
    Et l'aimerai jusqu'à la mort !

Pourquoi, parmi dames du haut parage,
Nobles de cœur et reines de beauté,
N'as-tu choisi celle dont le servage
Eût pu te rendre amour et volupté,
Et qui prenant en grand merci ta peine,
Par ses baisers eût adouci ton sort ?...
En la voyant, j'aimais ma souveraine,
    Et l'aimerai jusqu'à la mort !

Oui, c'en est fait... au fond d'un monastère
Je vais cacher mes ennuis sans retour :
Mais las ! le cloître et le jeûne et la haire
Me mettront-ils à l'abri de l'amour ?

Lorsqu'au moutier en pleurant je me traîne,
Ce dieu m'y suit : son pouvoir est si fort !
Ah ! je le sens : j'aime ma souveraine,
Et l'aimerai jusqu'à la mort !

Baiser d'Amour.

Baiser d'amour ressemble à la rosée
Que le matin répand sur tendre fleur :
Son souvenir enivre la pensée,
Et son attente est l'espoir du bonheur.
Quand je reçois de ma tant douce amie,
Sens doublement tout le prix de la vie !

Baiser d'amour, par toi dans la nature,
D'un beau palais, du plus triste séjour,
Chagrin s'enfuit, comme la nuit obscure
Qu'aurore chasse en ramenant le jour.
Du bon Rousseau le sublime génie
En traits brûlans a dépeint ta magie.

Baiser d'amour, à mon heure dernière
Viens adoucir l'arrêt fatal du sort !
Viens embellir la fin de ma carrière,
Couvre de fleurs les rives de la mort.
Comme Tibulle, en voyant fuir la vie,
Je veux encore étreindre mon amie !

Tout n'est que Folie dans ce Monde.

COUPLETS.

Air : *Pégase est un cheval qui porte.*

Mes bons amis, à la ſolie
J'ai consacré quelques couplets :
C'est pour l'aimable Virginie
Que ces couplets ont été faits.
Les vers d'un fou mélancolique
A son cœur sauront-ils parler ?
Ce fou quelquefois la critique,
Mais il voudrait lui ressembler.

Parcourons en effet la terre,
Examinons tous les états ;
Que de fous nous verrons, ma chère,
De fous qui ne te valent pas.
Qu'on aille du Japon à Rome ;
Depuis le berger jusqu'au roi,
Parmi tous ceux que l'on renomme,
Aucun ne plaira comme toi.

Dorlis est fou de sa figure,
Et Dorlis est un vrai magot;
Lise est folle de sa tournure,
Lise est faite comme un fagot;
Ce métromane que l'on vante,
Est fou de son petit talent:
Il a deux mille écus de rente,
On l'applaudit pour son argent.

Mendax va prônant sa noblesse;
Il est l'ami du Souverain:
Une baronne, une duchesse,
Jadis ont disputé sa main.
Il ment, lorsque le jour commence,
Il ment encor quand il finit:
Et dans son heureuse démence
Il croit.... les mensonges qu'il dit.

Florvil d'un noble patronage
Pourrait occuper son loisir;
Il n'est pas riche... et se croit sage
En s'endormant sur l'avenir.
De jolis vers, une romance
Sont pour lui le point principal;
Mais monsieur le temps qui s'avance
Gaiment le mène... à l'hôpital.

Mondor, sans esprit, sans naissance,
Est au nombre des parvenus:
Un bon emploi dans la finance
Est la source de ses écus.
Toujours à dîner il invite,
Cent flatteurs chez lui sont admis:
Chaque jour son argent le quitte....
Bientôt il n'aura plus d'amis.

Ce vieillard, fou de sa richesse,
A compter vient de perdre un œil;
Cet autre prend une maîtresse,
Qui demain suivra son cercueil.
Sans le prisme de la folie,
Tous les hommes verraient en noir;
Adieu le bonheur de la vie
Quand la raison tient son miroir.

Pour cette folie adorable
Qui fait rire, qui fait pleurer,
Qu'on sent près d'un objet aimable,
Je ne veux jamais la quitter!
A l'artiste, au jeune poëte,
Elle prodigue ses faveurs:
Les autres attaquent la tête,
Elle seule touche les cœurs.

De ce que je viens de vous dire,
Mes bons amis, vous concluez
Qu'ici bas tout est en délire,
Que tous les cerveaux sont fêlés.
Ah ! si du choix d'une folie
Nous étions maîtres en ce jour,
Chacun de nous pour Virginie
Voudrait devenir fou d'amour.

Lettre à M. L***

Compositeur et Professeur à Paris,

SUR L'IMITATION EN MUSIQUE.

Boulogne, le 3 août 1810.

> Toi que dès mes plus jeunes ans
> Je cultivais avec ivresse,
> Brillante et sublime déesse,
> Daigne sourire à mes accens !
>
> *Epître sur l'harmonie.*

MONSIEUR,

Vous daignez vous adresser à moi pour la solution d'une question très-importante de l'art musical; vous m'invitez à coopérer à la rédaction d'un ouvrage dont l'utilité ne peut être contestée. Je suis très-flatté de l'honneur que vous me faites; je vais tâcher de vous satisfaire en disant ce que je pense sur l'imitation en musique et sur un traité qui en donnerait les principes : mais je ne puis davantage, et vous prie de me dispenser d'un travail absolument au-dessus de mes forces.

Peindre avec des sons tous les effets de la nature, imiter le langage de toutes les passions, rendre toutes les idées, tous les sentimens, *faire parler le silence même* ; telle est l'imitation en musique.

Si l'on se pénètre bien de cette vérité : que la musique est une autre poésie qui fait parvenir jusqu'à nos cœurs les émotions les plus douces, les plus fortes, les plus terribles ; une autre peinture qui nous offre à-la-fois les tableaux les plus gracieux, les plus nobles et les plus pathétiques, on ne s'étonnera plus du pouvoir que cet art charmant exerce sur les ames sensibles, et l'on applaudira à cette ingénieuse fiction de la mythologie nous représentant Orphée fléchissant les divinités du Styx et animant, par les accords de sa lyre enchanteresse, les arbres et les rochers dans les montagnes de la Thrace.

« *Mais existe-t-il des règles certaines pour* » *bien imiter en musique, et ces règles peuvent-* » *elles être employées dans tous les cas et servir* » *pour juger du mérite d'une composition ?* » Voilà une question à laquelle il est assez difficile de répondre, mais dont pour le bien de l'art il est essentiel de s'occuper, surtout dans un moment où les principes d'une école célèbre, qui semble ne s'attacher qu'à l'harmonie et regarder la mélodie comme un accessoire très-indifférent, menace, par ses innovations, de plonger la France musicale dans la barbarie la plus complette.

Je vais examiner cette question avec la plus grande impartialité. Je suis loin de penser que mes idées, que ma manière de voir sur ce point soient les seules véritables; mais si elles peuvent vous être de quelque utilité dans le travail que vous allez entreprendre sur une partie aussi intéressante, je croirai avoir assez fait pour mériter quelque part à la reconnaissance des amis des arts.

Peut-on assujettir à des règles certaines les passions, les idées des hommes? non sans doute, puisqu'elles varient selon le caractère, le tempérament de celui qui les éprouve, qui les conçoit; selon les circonstances qui les font naître; puisqu'elles tiennent enfin à l'imagination, cette fée si riche, si féconde, si inconstante, et dont le brillant domaine est sans bornes. Il en est de même des effets de la nature qui ne se présentent jamais deux fois sous le même aspect, sous la même forme; qui changent selon les saisons et les climats : ainsi il ne peut y avoir de règles certaines pour l'imitation en musique, et le génie seul du compositeur, la finesse de ses organes, la connaissance qu'il a du cœur humain, doivent lui faire rencontrer l'expression juste de ce qu'il veut peindre; et par conséquent, son chant, s'il est bien fait, s'il n'est point idéal, ne pourra s'adapter qu'aux paroles sur lesquelles il aura travaillé.

Je vais rendre plus sensible ce principe qui me paraît d'une vérité incontestable, par un exemple. Je prendrai mes sujets dans deux ouvrages très-connus, *les trois fermiers*, de Dezèdes, et *Montano et Stéphanie*, de M. Berton. Louise et Stéphanie sont à la veille de s'unir aux amans qu'elles chérissent; toutes deux se félicitent du bonheur qui les attend, toutes deux dépeignent leur tendresse : voici les paroles :

LOUISE.	STÉPHANIE.
Faut attendre avec patience,	Oui, c'est demain, demain que l'hyménée,
Le jour de d'main est un beau jour !	Cher Montano, va combler tous nos vœux !
Grande est, dit-on, la différence	Oui, c'est demain que les plus tendres nœuds
Du mariage avec l'amour.	Vont unir notre destinée.

C'est bien, à la première lecture, la même situation ; ces vers sont à peu-près semblables de pensée et d'expression : un sentiment commun y domine, l'amour. Mais si maintenant on examine avec tant soit peu d'attention les deux morceaux qu'on croirait d'abord, au rythme près, pouvoir être placés sous le même chant, quelle différence n'y trouvera-t-on pas ! Dans l'un, c'est une bergère qui ne craint rien pour l'avenir, qui envisage avec calme l'instant du bonheur : une joie douce, pure et tranquille, une teinte champêtre caractérisent ses chants. Dans l'autre, c'est la fille d'un puissant seigneur, qui redoute le jour qui doit l'unir à celui qu'elle adore, parce qu'un pressentiment secret semble lui dire qu'un triste évènement viendra mettre obstacle à sa félicité. Ses chants respirent la tendresse, le désir mêlé de pudeur, et ont avec cela une teinte de mélancolie, de trouble, d'effroi, qu'elle cherche en vain à bannir. Le musicien habile, l'homme de goût, ne s'y tromperont pas, et, sans connaître la catastrophe, ils frémiront, même dans les instans où Stéphanie se livre à tous les transports de sa joie et de son amour, en entendant résonner cette basse terrible dont l'auteur a fait un si bel emploi dans sa composition, cette basse qui dévoile le trouble qui agite son ame et qui est l'indice certain du malheur qui l'attend. Les accens de Louise ne sont que tendres et naïfs, ceux de Stéphanie ont de plus une noblesse, une dignité touchante qui tiennent au rang qu'elle occupe: ainsi, le compositeur qui donnerait la même couleur à ces deux airs, dont plusieurs parties sont à-peu-près semblables, se serait grossièrement trompé, et n'aurait point atteint le but du poëte.

Mais s'il n'existe point de règles certaines pour imiter en musique, on peut cependant établir des règles générales qui pourront être utilisées dans tous les cas, et qui seront d'un grand secours aux jeunes élèves. Par exemple, l'emploi de tels ou tels instrumens est d'une importance majeure pour l'imitation; et le goût du musicien lui fait choisir de suite ceux qui doivent dominer dans le morceau qu'il compose; mais comme le goût n'est pas donné à tout le monde, et que ce choix exige souvent une finesse de tact qu'on ne rencontre que très-difficilement, je voudrais un ouvrage qui établît la ressemblance qui peut exister entre les accens des passions, les effets de la nature, et les sons des différens instrumens. Il nous dirait ainsi que, pour peindre la douleur, les plaintes de l'amour malheureux, il faut se servir du touchant hautbois; que pour la pastorale et les morceaux qui respirent une vive allégresse, on tire le plus grand parti des petites flûtes et des cors, qui servent aussi dans les airs guerriers ; que le basson, pour les compositions graves et religieuses, est du meilleur effet ; et que les quintes et les basses ont un caractère sombre et lugubre qui rend parfaitement l'inquiétude, la tristesse, le remords. Les grands maîtres n'ont jamais négligé cette partie importante de l'art. Grétry surtout, le plus spirituel, le plus fécond des compositeurs, l'a étudiée avec succès. Voyez l'admirable monologue de Blaise, dans *Lucile* :

Ah! ma femme! qu'avez-vous fait ?

Remarquez le rôle qu'y jouent tour-à-tour les basses, quand il s'agit de peindre l'inquiétude de Blaise, son chagrin d'affliger Lucile ; les petites flûtes, quand il pense qu'elle sera forcée de revenir au village, et, après avoir joui de toutes les faveurs de la fortune, d'y garder ses moutons ; les bassons, quand il dit : « *Personne ne sait qu'elle est ma fille ; ma « femme est morte, je puis me taire...* » qui semblent lui reprocher une semblable pensée, et font sur son ame l'effet d'une voix céleste qui lui ordonnerait de remplir son devoir, en découvrant que Lucile est sa fille; qui arracherait à sa conscience timorée ce cri :

..... Je le sais, moi;
La bonne foi,
Voilà ma loi.

et vous serez convaincu de l'utilité de l'emploi bien entendu des instrumens, et du mérite qu'aurait un semblable ouvrage.

Je voudrais aussi qu'on y trouvât des notions sur le genre de musique de tous les peuples, et des exemples gravés des airs de différens modes qui se chantent chez eux. J'en ai une collection très-curieuse que je vous confierai avec bien du plaisir. Cet article serait beaucoup plus important qu'on ne pense. Le compositeur ne travaille pas toujours sur des sujets nationaux. Il faut souvent qu'il fasse chanter un espagnol, un turc, un sauvage, un chinois, un suisse; et comment s'y prendra-t-il pour cela s'il n'est guidé par des exemples du genre de musique de ces différentes nations ? Fera-t-il fredonner à un canadien une ariette comme celle qu'il mettrait dans la bouche d'un petit-maître parisien ? Ce serait un contraste du plus pitoyable effet, et qui blesserait autant les oreilles d'un connaisseur, que jadis les yeux d'un homme instruit étaient choqués en voyant sur nos théâtres les Grecs et les Romains en paniers et en chapeaux à plumes. Non pas qu'une composition sur un sujet étranger doive avoir tout-à-fait le caractère de la musique du peuple qu'on cherche à peindre; cela serait trop disparate pour nous : mais au moins il faut qu'elle ait quelque chose de ce caractère; que des motifs pris dans les airs qui lui sont propres soient répétés dans le cours de l'ouvrage; qu'ils soient employés dans l'ouverture; par exemple, comme l'inimitable *Grétry*, dans son opéra de *Guillaume Tell*, s'est servi du *rang des vaches*, qui nous transporte de suite sur les monts helvétiques, où est établi le lieu de la scène; comme le naturel et sensible *Dalayrac*, dont on a cherché en vain à atténuer la gloire, a placé dans *ses petits Savoyards* des airs pris au sein même de la Savoie.

Une autre règle, qui n'est pas non plus à dédaigner, serait de donner aux jeunes élèves le conseil de déclamer plusieurs fois ou de faire déclamer, ce qui serait bien mieux encore, par un acteur habile, les paroles sur lesquelles ils doivent faire de la musique. Cela les pénétrerait parfaitement du sujet qu'ils auraient à traiter. Le chant, et surtout le chant dramatique, n'étant qu'une déclamation fortement accentuée, il s'ensuit de là qu'en notant sur les accens du déclamateur, ils se rapprocheront bien plus de la nature. En effet, la déclamation est à la musique ce que l'anatomie est à la peinture : c'est la charpente sur laquelle le chant doit être dessiné : et comme un peintre habile, en drapant ses académies, laisse toujours soupçonner les formes primitives, ainsi le compositeur, homme de génie, en prodiguant à ses airs toutes les richesses de l'art ne doit jamais s'écarter de l'accent de la déclamation, qui est celui de la vérité. *Grétry*, qu'on ne peut trop citer quand il s'agit de musique, a souvent employé ce moyen dans les morceaux à grand caractère. Il nous apprend que c'est sur la déclamation de la sublime *Clairon* qu'il a noté le beau duo :

Dans le sein d'un père.

et que c'est à l'amant vrai et passionné de Diderot qu'il doit le trio de *Zémir et Azor :*

Ah ! laissez-moi la pleurer !

Une définition exacte des caractères et des passions qui se rencontrent le plus souvent dans la société y serait aussi très-nécessaire ; car il ne s'agit pas seulement, pour être bon compositeur, d'avoir reçu de la nature une grande sensibilité, de l'esprit, du goût, et d'avoir acquis des connaissances étendues en histoire et en littérature, mais il faut encore entendre parfaitement son Labruyère. Beaucoup de personnes, je le sais, riront en lisant ceci, parce que pour la multitude, la musique n'est qu'un assemblage de sons plus ou moins agréables, plus ou moins harmonieux; mais ceux qui savent apprécier cet art divin, et qui vont chercher au théâtre des impressions vives, profondes, entraînantes, et non un vain bruit, en sentiront toute la justesse.

Il contiendrait encore des exemples pris dans nos meilleurs poëtes et prosateurs, ainsi que le catalogue de leurs ouvrages les plus estimés dans tous les genres et les plus susceptibles d'enflammer l'imagination et d'éveiller le génie. On conseillerait aux jeunes artistes de régler leurs lectures sur le sujet qu'ils auraient à traiter. Si, par exemple, ils composaient un opéra dans le genre bucolique, de lire pendant tout le cours de leur travail, la Bible, Florian et Gessner; de choisir, s'il était possible, pour l'instant de la création, le printems: la renaissance de la nature, les exhalaisons balsamiques qui s'échappent alors de toutes les fleurs, le doux chant des oiseaux, la vue de la verdure si longtems attendue, si vivement désirée, porteraient dans leurs ames des sensations neuves et fraîches, en feraient éclore des chants aussi purs, aussi suaves, aussi délicieux que la saison qui les aurait vus naître. Quel ascendant n'ont point sur le caractère, sur les productions d'un musicien, d'un poëte, les circonstances dans lesquelles il se trouve, les lieux qu'il habite ? Pourquoi la musique allemande est-elle si forte d'expression, si sévère ? Pourquoi celle italienne a-t-elle tant de mélodie, de rondeur et de grâces ? Le climat, n'en doutons pas, en est une des causes principales. Il en est de même pour la poésie. Ossian, dans ses rêves sublimes, ne parlerait point sans cesse de brouillards et de tempêtes, s'il n'avait toujours chanté sous le ciel sombre et brumeux de l'antique Calédonie.

Il faut cependant en convenir; un semblable ouvrage serait absolument inutile entre les mains de celui qui ne posséderait pas ce certain je ne sais quoi, si l'on peut parler ainsi, qui est l'essence de tout de que l'intelligence humaine a de plus pur et de plus délicat, qui distingue l'homme de la brute, en le rapprochant en quelque sorte de la divinité; ce certain je ne sais quoi qui inspirait à Racine ses admirables tragédies, à Lesueur, au Poussin, leurs inimitables tableaux, à Sacchiny sa superbe partition d'Edipe.

C'est ici que s'arrêtent tout le talent, tous les efforts du professeur : c'est le *nec plus ultrà* de son pouvoir. Ses soins avanceront bien les progrès du jeune élève ; ils faciliteront bien les élans de son imagination : mais ils ne lui donneront pas le génie quand le ciel ne le lui aura point départi. A des signes certains il est facile de s'en assurer : si votre élève voit avec plaisir les enfans, les fleurs, la verdure ; en un mot, s'il est amant de la nature et que ses goûts soient nobles, simples et touchans comme elle ; si la vue d'une belle femme, d'un beau tableau excite son admiration et captive ses regards animés par les éclairs heureux du sentiment ; si le son des cloches, le bruit des tambours le font tressaillir ; si le récit d'une belle action, la lecture d'un bon ouvrage lui font s'écrier : que ne puis-je faire ainsi ! que ne puis-je écrire ainsi ! si lorsque vous le conduisez au théâtre et qu'il écoute les compositions des Grétry, des Monsigny, des Dalayrac, des Gluck, il est charmé, ravi, transporté ! que des pleurs délicieux s'échappent de ses paupières ; si, jeune encore, il a senti le pouvoir de l'amour ; que son cœur s'ouvre avec délices aux charmes de l'amitié et de la bienfaisance ; qu'il s'indigne contre l'injustice et la tyrannie ; qu'il soit vif et que ses gestes pleins de feu ajoutent de la force à ce qu'il veut dire : ah ! donnez-lui tous vos soins, cultivez avec ardeur et persevérance une plante aussi rare ! prodiguez-lui tout ce que l'intérêt a de plus touchant ; gardez-vous surtout de blesser son excessive susceptibilité : un tel être a dans l'ame certaines cordes qu'il est funeste de faire vibrer désagréablement, et dans peu vous pourrez vous dire avec orgueil : *mon élève marche le digne égal de ses maîtres* !

Tel est le portrait du véritable artiste. Il doit réunir au plus haut degré toutes les qualités morales ; il doit avoir en lui le germe de toutes les vertus. Heureux quand les passions désastreuses n'élèvent point dans sa belle ame de funestes orages ! Heureux quand elles ne ternissent point l'éclat de ses nobles travaux ! Je sais qu'elles naissent surtout dans le sein de l'homme de génie ; mais, lorsqu'à l'amour de son art il joint comme vous, Monsieur, les qualités sublimes qui constituent le vrai talent, il peut s'égarer un moment ; mais bientôt il se relève avec plus de force que jamais, et continue à éclairer l'horison des arts des rayons de sa gloire : semblable à ce fleuve d'Égypte dont certaine saison de l'année enchaîne les flots, dont les vents troublent quelquefois la surface ; qui, lorsque le tems en est venu et que l'atmosphère a recouvré sa sérénité, reprend sa course impétueuse et va de nouveau féconder les plaines de Memphis.

J'ai l'honneur, etc.

FIN DES MÉLANGES LYRIQUES.

NOTES

DU

BOUQUET DE LYS.

NOTES

du Bouquet de Lys.

(1) Ces vers ont été faits en 1810, lorsque Bonaparte était encore au faîte de sa puissance; et il m'eût été impossible de les mettre au jour sans m'exposer à la persécution, peut-être même à la mort. Ils n'ont été communiqués qu'à un petit nombre d'amis sûrs, qui me conseillèrent de n'en point garder de copies, taut l'inquisition qui existait alors était à craindre : c'est de mémoire que je les ai conservés.

> (2) Au pied de ce donjon dont la cîme hautaine
> Près des murs de Paris s'élève avec orgueil,
> D'infâmes assassins une troupe inhumaine
> D'un fils du grand Condé préparait le cercueil.

L'exécution de l'infortuné Prince eut lieu dans les fossés de Vincennes. Lorsqu'on s'empara de lui pour le conduire au supplice, il ignorait encore sa condamnation. On descendit au fossé par un escalier étroit, obscur et tortueux. Le Prince se retourna vers l'officier qui le conduisait, et lui dit : « Est-ce que l'on veut me » plonger tout vivant dans un cachot? Suis-je destiné à périr

» par les oubliettes? Non, lui répondit l'officier, soyez tranquille. » On continua la marche, et l'on arriva à l'endroit où le crime devait se commettre. En voyant l'appareil qu'on y avait préparé, le descendant du grand Condé s'écria : « Ah! grâce au ciel! je mourrai » de la mort d'un soldat! »

(3) Oui, partout des Bourbons les sanglots et les plaintes,
Partout leurs cris vengeurs s'élèveront vers toi!

Peu d'hommes furent plus superstitieux que Bonaparte. Son imagination, extrême en tout, lui faisait attacher la plus grande importance aux choses les plus futiles, et celui qui faisait trembler l'Europe s'effrayait d'un songe. A bien plus forte raison ses terreurs étaient-elles vives, lorsque, dans l'ombre des nuits, il pensait à tous les attentats qu'il avait commis. On a remarqué que longtems encore après l'assassinat du duc d'Enghien, son sommeil était troublé par des rêves affreux, et que, sans en dire la cause, il appelait auprès de son lit les personnes de garde dans son palais, afin de se distraire d'une image horrible, et de ne point, pour ainsi dire, rester tête-à-tête avec son crime.

(4) Tyran, oublierais-tu que le laurier d'Arcole
Peut s'unir dès demain aux cyprès de la mort!

Ces deux vers rappellent une pensée de la *Napoléonide*, de M. Nodier. Je puis assurer que je ne connaissais point cette pièce, lorsque j'écrivis mes stances sur la mort du duc d'Enghien. On sait que la *Napoléonide* n'a paru qu'après la restauration.

(5) Il donne le signal! ... et le plomb homicide
S'échappe ... et le rejoint à ses nobles ayeux.

Au moment d'être frappé, Monseigneur le duc d'Enghien, debout, et de l'air le plus intrépide, dit aux soldats : « Allons, mes amis. »

Tu n'as point d'amis ici, s'écria une voix insolente et féroce: c'était celle de Murat. Il fut à l'instant fusillé.

M. le vicomte de Châteaubriand a consacré quelques lignes à décrire les derniers momens du prince, et je crois faire plaisir au lecteur en transcrivant ici ce passage d'un écrivain aussi éloquent que courageux, et qui daigne m'honorer de son estime.

« Encore tout exténué de fatigue et de faim, on fait descendre » le prince dans les ravins du château : il y trouve une fosse nou- » vellement creusée. On le dépouille de son habit, on lui attache » sur la poitrine une lanterne pour l'apercevoir dans les ténèbres, » et pour mieux diriger la balle au cœur. Il demande un confes- » seur, et prie ses bourreaux de transmettre les dernières mar- » ques de son souvenir à ses amis : on l'insulte par des paroles » grossières. On commande le feu : le duc D'ENGHIEN tombe, » sans témoins, sans consolations, au milieu de sa patrie, à quel- » ques lieues de Chantilly, à quelques pas de ces vieux arbres sous » lesquels le saint Roi Louis rendait la justice à ses sujets, » dans la prison où Monseigneur le Prince fut renfermé. Le jeune, » le beau, le brave, le dernier rejeton du vainqueur de Rocroy, » meurt comme serait mort le grand CONDÉ, et comme ne mourra » pas son assassin. Son corps est enterré furtivement, et Bossuet » ne renaîtra pas pour parler sur ses cendres! »

(6) M. Séjan, organiste de la chapelle de Sa Majesté Louis XVIII, a fait sur ces couplets de la musique charmante, qu'on trouve chez Lemoine aîné, rue de Richelieu, n° 21. LE BON HENRI a été inséré dans plusieurs recueils, et entr'autres dans *l'Echo des Bardes Français*, de 1814.

(7) A tes genoux nous répandons ces pleurs,
Qui du martyr vont réchauffer la cendre !!!

Je n'oublierai jamais l'impression que ces vers firent sur le vénérable prince de Condé, lorsqu'ils lui furent chantés, à son passage à Boulogne : en les écoutant, de grosses larmes sillonnaient ses joues, et toute la bonté de son ame se peignit dans son regard lorsqu'il me fit l'honneur de me les demander.

(8) Vive Louis! Vive Louis!

Ces couplets et ceux qui les précèdent ne sont point de moi; mais je suis persuadé que le lecteur me saura gré de les avoir placés dans mon recueil. Ils ont été faits lors de la proclamation des actes du gouvernement provisoire à Boulogne-sur-mer, et chantés dans un banquet qui eut lieu à la suite de la cérémonie publique à laquelle présidait M. le comte de Castéja. Je rappellerai ici le narré que je fis insérer dans les journaux, et qui retrace les circonstances de cette fête aussi noble que touchante.

« Le 10 avril 1814 sera pour la ville de Boulogne-sur-mer un » jour à jamais mémorable! Ce jour fut consacré à célébrer l'éton- » nante et heureuse révolution qui, après vingt-quatre années de » déchiremens, vient consoler notre triste patrie; et la fête à » laquelle il donna lieu, se confondant avec celle de Pâques, pré- » senta à tous les esprits le rapprochement du salut du monde » par le sacrifice de l'Homme-Dieu, et de celui de la France par » le retour d'un descendant de Saint Louis et de Henri IV. La » veille de ce beau jour, le pavillon blanc avait été arboré. Les » autorités, les habitans avaient parcouru la ville avec la cocarde » blanche à leurs chapeaux, et ce signe antique d'union et de paix » avait été salué par les acclamations mille fois répétées de *Vivent » les Bourbons! vive Louis XVIII!*

» Le lendemain, à deux heures après-midi, les autorités et le » peuple se réunirent à l'Hôtel-de-Ville, où M. le comte de » Castéja, Sous-Préfet de l'arrondissement, prononça ce discours

» Messieurs,

» La solennité qui nous rassemble électrise tous les cœurs! dans » tous les yeux la joie brille à travers les larmes.

» Je vais vous parler au nom d'un Sénat régénérateur; je vais » parler des Bourbons! Vous connaissez l'acte constitutionnel qui » rend ces princes à nos vœux, à notre amour, à nos hommages. » Vous reconnaîtrez leur généreuse influence dans ces grands actes » de l'autorité souveraine, lorsque vous aurez apprécié toutes les » mesures de prudence qui commandent l'oubli du passé, défendent » toutes les classes des citoyens contre les passions qui pourraient » les diviser, semblent effacer de la mémoire vingt ans de mal- » heurs, et fonder la prospérité publique sur les souvenirs anciens, » le bonheur présent, et les espérances prochaines.

» Encore un moment, et nous signons l'acte authentique de » notre adhésion aux décrets du gouvernement provisoire. Nous » lui adressons l'hommage solennel de notre gratitude. Libres » enfin de suivre l'impulsion de nos cœurs, leur besoin le plus » cher, nous saluerons le descendant de Saint Louis, le fils de » Henri IV; nous le nommerons notre père, notre monarque; » nous nous attacherons à jamais à cette auguste famille, et nos » liens ne seront plus des chaînes.

» Louis XVIII, ô mon Roi! que n'êtes vous témoin de notre » ivresse! que n'entendez-vous nos sermens! Sage comme le plus » sage de vos ancêtres, vous nous rendrez heureux comme l'ont » été nos pères. Ami d'un pouvoir balancé, toujours arriveront à » vos oreilles les prières du peuple; et comme nos bons rois vos » prédécesseurs, votre cœur les accueillera toujours. Et vous, fille » des Rois et du malheur, fille d'un martyr, nous allons donc » reposer sur vous nos yeux attendris et satisfaits. Adorable prin- » cesse, belle comme votre mère, pure comme les lys de vos pères, vous » vous montrez à nous comme les plus belles fleurs aux » premiers jours du printems. Bourbon, Condé, vos noms augustes » et chers retentissent de toute part. A l'exemple du noble chef » de votre maison, vous vous avancez vers nous le pardon à la

» bouche, la générosité dans le cœur ! Race illustre, vous êtes
» belle comme la clémence.

» Guerriers, magistrats, administrateurs, réunis dans un même
» attachement, ne formant qu'un vœu, le maintien de l'ordre,
» nous allons rivaliser de zèle, de droiture et de loyauté : toutes
» nos paroles seront l'expression de nos pensées, et toutes nos
» pensées seront des sentimens.

» Et vous, ministres des autels, éprouvés par tant de malheurs
» et de persécutions, votre honorable constance est enfin récom-
» pensée. Fidèles aux rois, comme au Dieu de nos pères, vous
» préparerez nos prochaines et solennelles actions de graces ; la
» voix de nos cœurs se mêlera alors à vos pieux accens. De long-
» tems, sans doute, nous n'invoquerons le dieu des armées ; c'est
» désormais au dieu de Saint Louis que s'adresseront tous nos
» vœux.

VIVE LE ROI!

» L'impression que ces paroles, prononcées avec la grâce et la
» noblesse qui caractérisent l'orateur, firent sur tous les assistans,
» ne peut se décrire ! Plusieurs fois elles furent interrompues par
» les applaudissemens de l'enthousiasme le plus pur : des pleurs
» d'attendrissement et de joie humectaient tous les yeux.

» L'acte d'adhésion de la commune de Boulogne fut ensuite lu
» par M. le comte de Castéja, et signé par toutes les autorités et
» une foule de particuliers.

» A quatre heures, cent personnes de tout état et de tout rang se
» rendirent à l'ancien palais épiscopal, où, comme par enchante-
» ment, un banquet avait été préparé. La salle où se trouvaient
» les tables présentait l'aspect le plus brillant. On avait placé sur
» une espèce d'autel expiatoire les bustes de Louis XVI et de
» Marie-Antoinette ; des cyprès recouverts de lys décoraient la

» face principale de l'autel : au bas étaient écrits, en lettres d'or
» ces mots :

Cara Deûm sobôles resurrexit!

» Des trophées formés d'écussons aux armes de France et de drapeaux blancs étaient suspendus aux lambris. On y lisait ces
» devises :

Rursùs crescunt lilia.

VIVE LE ROI!

Sic olim, sic nunc, sic semper!

» Pendant le repas, la musique de la garde nationale exécuta
» plusieurs airs chevaleresques ; celui *vive Henri IV, vive ce*
» *Roi vaillant!* émut tous les cœurs, et les convives le répétèrent
» avec cet accent qui semblait dire : nous allons le revoir parmi
» nous! . . . .

» Au dessert, plusieurs toasts furent portés.

» Tandis qu'on distribuait à tous les convives des médailles de
» Louis XVIII, qui avaient été coulées dans la nuit, des couplets
» analogues à la circonstance furent chantés et répétés avec en-
» thousiasme.

» Cette fête vraiment française, cette fête dont le souvenir se
» transmettra d'âge en âge parmi les Boulonnais, prouvera à notre
» bon Roi que ses enfans sont encore dignes de leur auguste père.

C'est à l'occasion de cette fête, et de celle qui fut célébrée à l'arrivée du Roi à Boulogne, que M. le vicomte de Chateaubriand me fit l'honneur de m'écrire le 7 mai 1814 : « J'ai lu avec un extrême
» plaisir votre récit des fêtes de Boulogne : vous étiez dignes de
» voir le Roi avant nous ; maintenant nous sommes tous heureux,

» et ce que nous avons de mieux à faire, c'est de crier de tout
» notre cœur : *Vive le Roi !* . . . . . .

(9) Ces vers ont été présentés aux Princes à leur passage à Boulogne. J'écrivis à cette occasion la lettre suivante à M. Lafarge, l'un de mes amis les plus chers. Cette lettre fut insérée dans les journaux.

« Vous m'avez prié, mon cher Auguste, de vous donner quel» ques détails sur l'arrivée de Louis XVIII dans nos murs ; et en » répondant à vos vœux, je vais remplir une tâche bien précieuse » pour mon cœur ! . . . . . . Accordez-moi quelqu'indulgence : il » est si difficile de rendre avec ordre ce que l'on a senti trop vi» vement !

» C'est le 26 avril que nous avons appris que Sa Majesté allait » arriver à Boulogne. Dès le matin toutes les rues étaient tendues » en blanc, jonchées de fleurs et de verdure ; des drapeaux, des » emblêmes ingénieux décoraient la façade des maisons. Deux » tentes avaient été élevées à droite et à gauche de la porte de » Calais, par laquelle le Roi devait faire son entrée. Ces tentes » étaient destinées à recevoir les autorités et les dames et demoi» selles de la ville qui devaient complimenter S. M. et Madame la » duchesse d'Angoulême, qui l'accompagnait. Depuis deux heures » après midi, tout était préparé, chacun avait pris sa place ; la » population de la ville et des campagnes garnissait la route, et » l'ordre qui régnait dans cette auguste cérémonie, l'allégresse » qui brillait dans tous les yeux, offraient le doux présage des des» tinées de la France. A quatre heures on aperçoit sur la hau» teur du chemin de Calais les premières troupes qui escortaient » S. M. Des acclamations mille fois répétées frappent l'air, et » tous les canons des forts et des remparts, toutes les cloches se » font entendre et saluent le descendant de Henri IV.

» Cependant le Roi s'approche : les gardes d'honneur boulon-

» nais, commandés par M. le comte de Sainte-Aldegonde; un » corps de lanciers rouges, des militaires de toute arme et de tout » grade, arrivent près des tentes. Le Roi les suit. Il est près de » nous, nous allons le voir, sa voiture s'arrête ! . . . . . Comment » vous décrire ce moment? . . . . Vive Louis XVIII! Vive » Madame la duchesse d'Angoulême! Vivent les Bourbons! Tels » sont les sentimens qui remplissent tous les cœurs, telles sont aussi » les expressions qui s'échappent de toutes les bouches. M. le » Comte de Castéja, sous-préfet de l'arrondissement, M. le Maire » de la ville, les autorités se présentent à la portière droite de la » voiture de Sa Majesté, tandis que les dames et demoiselles sont » à la portière gauche, où se trouve madame la duchesse d'An» goulême. M. de Castéja porte la parole : vous connaissez son élo» quence, sa sensibilité. Il parle au Roi de ses pères, à son » souverain légitime ! Ses expressions sont empreintes des senti» mens de son ame : « *Sire*, dit-il, *ce jour fut et sera pour nous* » *à jamais mémorable par le souvenir qu'il laissera*, *par celui* » *qu'il rappelle. Il y a plus de deux siècles qu'à cette époque*, » *émigrés fidèles*, *vos Boulonnais*, *après six ans d'exil*, *ren-* » *trèrent dans leur ville*, *avec les seuls biens qu'on n'avait pu* » *leur enlever*, *leurs enfans*, *l'image du Christ et la bannière de* » *vos pères.* » --- *Si cette époque*, répond le Roi vivement ému, » *est à jamais mémorable pour les habitans de ma ville de* » *Boulogne*, *elle ne sera pas moins chère et moins douce à mon* » *souvenir.* » Sa Majesté parle ensuite, avec la même bonté, la » même noblesse, à M. le Maire, qui lui remet les clefs de la ville : » c'est un père ramenant la joie et l'espérance dans les cœurs de » ses enfans. Une scène non moins attendrissante occupe tous les » esprits. Madame la duchesse d'Angoulême (que ce nom re» trace de souvenirs et de vertus!) accueille, les yeux pleins de » larmes et avec la grâce la plus touchante, nos mères, nos sœurs, » nos épouses, qui lui présentent leurs vœux et des fleurs : ses

» traits en ce moment prennent un caractère divin! Il semble que » ce soit l'ange de la clémence et de la consolation que le ciel nous » envoie pour nous faire oublier nos fautes et nos malheurs.

» Le cortége se remet en marche: mais les harnais des chevaux » ont été coupés; plus de soixante jeunes gens de nos meilleures » familles se sont précipités aux brancards; un plus grand nombre » encore aspire à cet honneur .... C'est le *palladium* de la » France que soutient cette brave jeunesse!

» M. le Colonel commandant d'armes Ramand, qui était à la » porte de la ville avec son état-major, s'avance près de la voiture » de S. M. Il lui rappelle avec énergie les sentimens de fidélité qui » l'animent, il veut lui remettre les clefs des fortifications: le » Roi répond avec la bonté la plus touchante au dévouement de » ce brave militaire, et lui dit que ces clefs sont en de trop » bonnes mains pour qu'il les reçoive.

» Le clergé boulonnais, à la tête duquel se trouve Monsieur » l'évêque d'Arras, les troupes françaises et la garde nationale, » les troupes alliées, les différens corps civils et administratifs » marchant dans l'ordre le plus parfait, le bruit des canons et des » tambours, le son des cloches et de la musique exécutant les airs » chers à tous les cœurs, les cris de joie s'échappant de cette masse » d'individus réunis par un sentiment unique, l'amour du souve- » rain légitime! voilà le tableau sublime qui s'offre à la plume » de l'historien, et que je regrette de ne pouvoir mieux peindre.

» On arrive à la porte de l'église de la haute-ville; le Roi y » entre, suivi de Madame la duchesse d'Angoulême et d'une grande » partie du cortége. Il rend grâce au dieu de Saint Louis de ne » trouver sur ses pas que des sujets fidèles. Le *Domine salvum fac* » *Regem* se fait entendre; les échos du temple répètent cette » prière sacrée, et nous apprennent que ses voûtes antiques ne l'ont » point oubliée. O majesté du culte chrétien! Combien tes effets » sont puissans, surtout lorsqu'ils s'allient à des circonstances

» aussi mémorables ! Des larmes religieuses coulent en ce moment
» des yeux de tous les assistans, des milliers de bras sont tendus
» vers le Ciel : Seigneur, conservez-nous notre Roi ! tel est le
» vœu de tous, et ce vœu sera exaucé.

» Au sortir de l'église, le cortége conduit S. M. à l'hôtel de la
» Préfecture maritime, qui avait été décoré pour la recevoir :
» c'est là que les corps militaires, civils, administratifs, et les dé-
» putations des provinces voisines sont présentés au Roi. Il parle
» à tous avec une bonté, une sagesse, et une présence d'esprit
» remarquables : sa figure est aussi noble que sa race : son œil plein
» de vivacité et d'expression se repose avec confiance sur tous ceux
» qui l'entourent.... Il est au milieu des français, et c'est un
» Bourbon ! ...

» Le soir toute la ville fut illuminée : il y eut une fête char-
» mante à l'hôtel de la sous-préfecture ; Monsieur le comte et
» Madame la comtesse de Castéja en firent les honneurs avec au-
» tant de délicatesse que de grâce. Madame la duchesse d'Angou-
» lême avait fait espérer qu'elle embellirait cette fête de sa pré-
» sence ; mais on vint annoncer à dix heures que la fatigue du
» voyage nous priverait du bonheur de la voir. Il y avait déjà quel-
» ques instans que les princes de Condé et de Bourbon étaient
» arrivés, et leur noble affabilité anima cette brillante réunion
» de la joie la plus pure et la plus vive. Des couplets leur furent
» chantés, et tous les yeux se mouillèrent de douces larmes lors-
» qu'on entendit ce héros vénérable, digne descendant du grand
» Condé, dont la voix avait tant de fois retenti dans les champs
» de la victoire, répéter avec chaleur ce refrain : *Vive Louis !*
» *vive Louis !*

» Voilà, mon ami, ce dont j'ai été le témoin et ce que je n'ou-
» blierai jamais. Je ne dois pas omettre de vous dire que tout le
» monde a été admis dans les appartemens du Roi, et qu'il n'est
» pas un seul Boulonnais auquel il n'ait souri......

27 *avril* 1814.

(10) Ces couplets sont d'un homme aussi recommandable par ses talens que par sa modestie. Eloquent au barreau, plein d'amabilité dans la société, réunissant tous les dons de l'esprit à tous les dons du cœur, je dois à ses conseils, à son amitié, plus que ne pourra jamais acquitter toute ma reconnaissance ! . . . . Puisse-t-il retrouver dans ces lignes les sentimens que je lui ai voués pour la vie ! . . . . .

MARS 1815.

(11) Un crêpe affreux vient de couvrir la France,
Je vois régner la tristesse et l'effroi ! . . . .

La France n'oubliera pas le jour où le meilleur des Rois quitta sa capitale, vers laquelle marchait en triomphe un farouche usurpateur. Les cris du désespoir retentissaient dans les rues et sur les places publiques : le château des Tuileries était rempli de scènes de deuil, et devait bientôt offrir un plus douloureux spectacle ; celui du triomphe et de la joie des méchans. L'histoire peindra la douleur de ces grenadiers de la garde nationale parisienne, qui fondaient en larmes, et se jetaient aux genoux d'un Roi malheureux, en lui demandant sa bénédiction. La postérité versera des pleurs d'attendrissement, lorsqu'elle apprendra la sublime résignation du monarque et la profonde douleur du père de famille arraché des bras de ses enfans . . . .

Dans le même tems, Bonaparte arrivait, précédé par la terreur. Des cris de guerre se faisaient entendre sur son passage. Entouré de canons, au milieu d'une haie de soldats, il s'avançait comme un ennemi victorieux : à son approche, l'air retentissait de menaces et de blasphêmes, la Discorde secouait ses horribles flambeaux, les mères pressaient leurs enfans dans leurs bras en frémissant de crainte, les bons citoyens gardaient un morne silence, et détournaient leurs regards, en pleurant sur les maux de la patrie. On ne voyait dans les rues, sur les chemins, que des soldats ivres, que des hommes couverts des haillons de la misère, fidèle et douloureuse image du gouvernement qui allait s'établir.

(11) Le vrai français le brave et le menace,
Le vrai français adore le bon Roi!

» Bonaparte n'était pas encore arrivé, et le souvenir d'un bon » Roi, les profonds regrets qu'il avait laissés, gouvernaient seuls » la capitale, contenaient les ennemis de la royauté, suffisaient » pour maintenir l'ordre et la paix. Le R i de France, exilé de sa » ville de Paris, traversait les provinces, accompagné de quelques » serviteurs fidèles. Il n'avait point d'armée, mais il était gardé » par l'affection de ses sujets: des témoignages d'amour et de res» pect éclataient partout sur son passage; chaque ville voulait le » retenir dans ses murs; *les habitans d'Abbeville arrosaient ses » genoux de leurs larmes*; ils voulaient fermer leurs portes, » ils juraient de le défendre jusqu'à la mort; mais la trahison » s'efforçait de le séparer d'une nation fidèle. (*Note extraite de » l'Histoire des quinze sem es.*)

Combien d'exemples de cou age et de fidélité ne pourrait-on pas citer de la part des véritables français, à dater du moment où le tyran reparut sur le sol de la patrie! De tous côtés de braves citoyens s'enrôlaient volontairement pour arrêter le crime dans sa marche. Les départemens du Nord et du Pas-de-Calais montrèrent surtout un zèle qui ne doit point être loué, puisqu'il était l'effet du devoir le plus sacré, et que tout homme estimable se faisait alors une loi de remplir. Les volontaires suivaient la maison du Roi, qui se dirigeait vers Lille. MONSIEUR et MONSEIGNEUR LE DUC DE BERRY, toujours à la tête de cette généreuse élite, et en partageant les fatigues, avaient eu sujet d'en admirer l'héroïque constance. Des jeunes gens, qui pour la première fois avaient chargé leurs bras d'une arme pesante, des vieillards, faisaient à pied des marches forcées, dans des chemins qu'une pluie continuelle et abondante rendait presque impraticables, s'étaient associés à cette troupe fidèle, et n'ont été découragés ni par les privations ni par l'incertitude plus cruelle encore d'une marche subordonnée à des avis mensongers, et que la défection des garnisons voisines pouvait rendre plus désastreuse encore. Dans chaque ville où ils arrivaient, l'étendart blanc était déployé, les cris de *vive le Roi!* s'échappaient de tous les rangs, et cependant Bonaparte était déjà aux Tuileries, et il n'y avait pas un volontaire qui n'eût frémi d'indignation en lisant ces proclamations insolentes dans lesquelles le factieux disait : Un homme s'est assis sur mon trône ! Si la trahison la plus infâme n'eût point été ourdie de longue main pour rendre de tels efforts infructueux, bien certainement le Roi n'eût point quitté la France. Mais de tous côtés des émissaires de l'usurpateur semaient les nouvelles les plus alarmantes et les plus fausses. On alla jusqu'à annoncer que Louis XVIII licenciait toute sa maison, qu'il se retirait en Angleterre; que Monseigneur le duc d'Orléans avait été chargé de faire exécuter ses ordres à cet égard. Ainsi la partie de la nation qui voulait sauver le trône, et elle était considérable, trompée dans le but qu'elle s'était proposé d'atteindre, revint dans ses foyers et y rapporta des regrets, des larmes, et l'espérance que l'avenir lui offrirait les moyens d'utiliser son noble dévouement. Pendant les trois mois du nouveau régime de la terreur, ni l'inquisition de la police, ni la création des commissions extraordinaires qui prononçaient l'exil ou la mort contre ceux qui y étaient traduits, ne purent arrêter le zèle des français attachés à la cause du Roi. Malgré toutes les mesures prises par Bonaparte et ses agens, Louis XVIII régnait toujours en France, non seulement par le droit, mais sous beaucoup de rapports par le fait. Aucun des actes émanés de son conseil n'étaient inconnus; ils venaient ranimer les faibles, et donner aux forts une plus grande énergie. Les habitans des campagnes savaient que le Roi avait défendu qu'on marchât sous les drapeaux du tyran, et il n'y avait pas de puissance qui pût les contraindre à le faire. Les journaux de la capitale assuraient que le Roi avait abdiqué; ils assuraient d'après des observations publiées le 4 avril 1815, sur la déclaration du congrès du 13 mars, observations pleines de duplicité, que cette déclaration, si elle avait existé, n'existait plus; qu'elle était annullée par le changement des positions, révoquée même par la volonté des princes alliées; et le Journal Universel, imprimé à Gand, traversait la frontière malgré les lignes de douaniers et d'espions qui la garnissaient, et, fort de la vérité et du talent de M. le vicomte de Chateaubriand, il venait confondre les fables d'un gouvernement qui s'appuya toujours sur l'imposture. (*Note de l'auteur.*)

[13] La mort s'avance et de sa faulx rapide
Tranche les jours d'un barbare sans foi :
Il va tomber le fils de l'Euménide,
Il va tomber . . . . Vive à jamais le Roi !!!

Les Puissances alliées ont cru devoir laisser exister celui qui a répandu partout le deuil et la désolation, et que le genre humain accuse; sans doute les motifs qui les ont fait agir ne tiennent pas à une politique dangereuse pour la France : il serait cruel de penser autrement. On a discuté plusieurs fois la question de savoir si elles avaient le droit de mettre Bonaparte en jugement, et nous ne nous permettrons pas de la décider : mais il nous semble qu'elle est résolue par tous les actes du congrès de Vienne, lors de la rentrée de l'usurpateur en France, au mépris de son abdication.

(14) Le *Robespierre à cheval* avait ressuscité tous ces airs révolutionnaires au son desquels on envoyait à l'échafaud, lors du régime de 93, l'innocence et la vertu. En permettant qu'on chantât ces hymnes de sang, dont la musique est pleine d'énergie et de force, il n'avait d'autre but que de flatter les anciens jacobins, de leur laisser entrevoir l'espérance de voir renaître ce qu'ils appelaient *le bon tems*, et de se servir de leurs moyens, avec l'intention de

les briser comme de vils instrumens d'un parti qu'il craignait autant que celui de la légitimité, lorsqu'il serait parvenu à recouvrer entièrement le pouvoir despotique. Aux revues que le Père la Violette passait aux Tuileries, on exécutait surtout l'air *Veillons au salut de l'Empire*, et il n'y avait pas un français tant soit peu raisonnable qui n'en sentit l'inconvenance, puisque ce même Père la Violette se disait empereur, qu'il aurait bien voulu encore se dire Roi, et que l'une des strophes de ce morceau contenait ces vers:

" Si le despotisme conspire,
" Conspirons la perte des Rois.

C'est pour répondre à l'une de ces chansons, qui a pour refrain;

" Mourir pour la Patrie,
" C'est le sort le plus doux, le plus digne d'envie!

et qu'on répétait avec satiété, au moment où par un étrange aveuglement on allait mourir pour un homme qui attirait de nouveau sur la France les plus grands malheurs, que je fis ces couplets.

[15] " Où vont ces farouches brigands,
" Ces vils suppôts de la vengeance?

Bien certainement l'institution des fédérés est l'une des mesures les plus horribles qu'on ait prises sous le dernier règne de Bonaparte. Ecoutons l'Historien des quinze Semaines signaler de la manière la plus éloquente ce terrible fléau:

« Les chemins étaient couverts de fédérés, nouvelle espèce de » jacobins, armés à la fois de la parole et du glaive, qui allaient » de ville en ville pour réchauffer la multitude égarée. Ils se van- » taient de n'avoir pris les armes que pour exterminer les roya- » listes; ils désignaient comme royalistes tous ceux dont ils en- » viaient les propriétés; ils animaient les citoyens contre les

» citoyens, et se préparaient à la guerre étrangère par la guerre » civile. Chaque quartier dans la capitale, chaque cité, chaque » canton dans les provinces, avait ses tyrans, décorés du nom » d'amis de la liberté et de la patrie. Chaque village avait ses dé- » lateurs, nuit et jour occupés à poursuivre la vertu qui se déro- » bait aux regards de la tyrannie, et le malheur qui cherchait un » asile. Tous ces apôtres de la sédition parlaient avec une insolente » inouïe du gouvernement paternel des Bourbons; ils disaient dans » leurs proclamations : malheur aux riches, malheur aux nobles, » malheur aux amis des rois légitimes! » *Histoire des quinze se-* » *maines*, 13ᵉ *édition*, *page* 16.) »

[16] Entendez leurs barbares cris :
,, Mort aux vertus, honneur aux crimes! ,,

» Dans plusieurs villes, le sanctuaire avait vu se renouveler les » horribles scandales du règne de la terreur. Une multitude effrénée » avait troublé le service divin et avait crié au milieu des fidèles » assemblés : *A bas Dieu! vive l'enfer!* » (*Même ouvrage*, » *page* 17.)

[17] Il veut, de ruines entouré,
S'asseoir sur les débris du monde!

Le système politique, ou plutôt l'ambition insatiable de celui qui avait dit : *J'étouffe dans cette vieille Europe*, ne tendait à rien moins qu'à régner sur le monde entier.

[18] Son génie est un feu dont les sombres lueurs
Ont porté parmi nous le trouble et le ravage!

On ne peut certainement pas refuser du génie à Bonaparte; mais ce génie était celui du mal, et ses conceptions avaient pour résultat de tout faire pour détruire, et de ne rien faire pour conserver. M. de Pradt, qui, pour l'honneur du corps respectable

auquel il appartient, aurait dû laisser à tout autre le soin de peindre son ancien maître, a fait de son caractère un portrait aussi vrai que bien tracé. « L'esprit de Napoléon était vaste,
» dit-il, mais à la manière des Orientaux. Par une pente natu-
» relle, il se tournait vers l'orient, pour peu qu'on le plaçât
» dans cette direction; mais, par une disposition contradictoire,
» il retombait comme de son propre poids dans des détails qu'on
» pourrait dire ignobles. Le premier jet était toujours grand, le
» second petit et vil. Il en était de son esprit comme de sa bourse,
» dont la magnificence et la lésine tenaient chacune un cordon.
» Son génie, fait à la fois pour la scène du monde et pour les
» tréteaux, représentait un manteau royal joint à un habit
» d'arlequin. C'était l'homme des extrêmes, l'homme qui, ayant
» commandé aux Alpes de s'abaisser, au Simplon de s'applanir,
» à la mer de s'approcher ou de s'éloigner de ses rivages, a
» fini par se livrer lui-même à une croisière anglaise. Doué d'une
» sagacité merveilleuse, infinie, étincelant d'esprit, saisissant,
» créant dans toute question des rapports inaperçus ou nou-
» veaux; abondant en images vives, pittoresques, en expressions
» animées, et pour ainsi dire dardées, plus pénétrantes par l'in-
» correction même de son langage, toujours un peu empreint
» *d'étrangeté*; sophiste et subtil, mobile à l'excès, quoique ma-
» thématicien distingué, il n'argumentait jamais que sur le terrain
» qu'il s'était fait, et s'y défendait, soit erreur soit vérité, avec la
» rectitude d'un géomètre. Ainsi, ses erreurs ont dû aller à l'in-
» fini; et quoiqu'il trompât beaucoup, il était encore plus souvent
» trompé que trompeur. De là est née cette aversion que l'on
» remarquait en lui pour la vérité: il ne la repoussait pas en sa
» qualité de vérité démontrée; au contraire, c'était comme sottise,
» comme incompatibilité avec ce qui lui paraissait à lui-même
» être la vérité. Chez lui, l'illusion a encore surpassé le mensonge;
» aussi ne repoussait-il pas comme opposant, mais comme imbé-

» cille, et les expressions du dédain et du mépris se trouvaient-
» elles sans cesse dans sa bouche. Il s'était fait d'autres règles
» d'optique que les autres hommes. Joignez à ces dispositions la
» corruption, fille de l'orgueil, de l'ivresse du succès, de l'ha-
» bitude de boire dans une coupe enchantée, de s'enivrer de
» tout l'encens de l'univers, et vous serez sur la voie de l'expli-
» cation de l'esprit de l'homme qui, unissant dans ces bisarreries
» tout ce qu'il y a de plus élevé et de plus vil parmi les mortels,
» de plus majestueux dans l'éclat de la souveraineté, de plus pé-
» remptoire dans le commandement, avec ce qu'il y a de plus
» ignoble et de plus lâche jusque dans ses plus grands attentats,
» joignant les guet-à-pents aux détrônements, présente une espèce
» de Jupiter-Scapin qui n'avait pas encore paru sur la scène du
» monde ». (*Ambassad. de Varsovie*).

(19) Le fer et le poison sont plus forts que les lois !!

« Tacite a fait des romans, disait Bonaparte à M. Jacobi, » dans son voyage à Aix-la-Chapelle, en 1804 : Gibbons est un » clabaudeur; Machiavel est le seul livre qu'on puisse lire. » Or, on connait les moyens que Machiavel conseille à ceux qui gouvernent, d'employer pour se maintenir sur le trône... Il enseigne la théorie de tous les crimes par principes, et c'est à ces principes, divinisés par Napoléon, que nous devons l'assassinat du duc d'Enghien, le procès de Moreau, et l'usurpation de la couronne d'Espagne. J'ai entendu raconter à un homme très-digne de foi une anecdote sur Bonaparte qui explique parfaitement sa conduite politique. Il était alors simple officier d'artillerie, et ce qu'il disait, en s'entretenant avec quelques personnes de la révolution française, laissait entrevoir l'ambition dont son ame était dévorée. « Bonaparte, s'écria un de ses camarades, tu es un am-
» bitieux! mais c'est en vain que tu crois atteindre aux premières
» places; il est en France des officiers qui ont plus de mérite

» que toi, et que tu ne parviendras jamais à éclipser. » « En » révolutions tous les moyens sont bons quand il s'agit de par» venir, répondit le tyran en espérance, *et la roche tarpéïenne » est là* ».

(20) Le Barde Gaulois.

Mon intention dans ce morceau a été de chanter l'exil du Roi, et le courage de madame la duchesse d'Angoulême, en employant le voile de l'allégorie.

[21] N'est-ce pas lui qui transmit à l'histoire
Du roi Loïs l'exil et les malheurs?

Loïs est un nom que portaient beaucoup de Gaulois et de Celtes. De ce nom on a fait Lovis, et de Lovis Louis. M. Millevoye, dans un charmant morceau de poésie, dont l'idée lui a été fournie par un épisode de l'Arcadie de Bernardin de Saint-Pierre, s'est servi du nom de Loïs pour expliquer, d'une manière aussi délicate qu'ingénieuse, l'origine du lys. Voici ce morceau :

Aux bords de Seine errait le beau Loïs;
Isis un jour vit sa grâce enfantine,
Et lui donna deux bouquets de maïs,
Plus un baiser de la bouche divine.

A son retour, que fit le beau Loïs?
Naivement il remit à son père
Les deux bouquets de l'immortelle Isis;
Mais il garda le baiser pour sa mère.

De ces bouquets le père de Loïs
Sema les grains sur le fécond rivage;
Et désormais, savourant le maïs,
L'homme à ses pieds foula le gland sauvage.

Un vieux druide, envieux de Lois,
A l'innocent qui le nommait son père
Fit expier le don sacré d'Isis,
Et l'immola... sans pitié pour sa mère !

Or, une fleur, pâle comme Lois,
De son beau sang sur l'heure vint éclore,
Et de son nom prit le doux nom de lis :
Fleur il était et fleur il est encore.

(23) Et flétri ces Gaulois en armes
Qui parjurèrent leur serment.

L'histoire peindra l'héroïsme de l'auguste fille de nos rois; elle consultera sans doute le rapport de M. le comte de Lynč, pièce aussi précieuse qu'intéressante, et dont nous avons extrait le passage qui suit :

» Tout étant prêt, et le général Clausel campé en vue de Bor» deaux, sur la rive droite de la Garonne, le gouverneur Decaën » et le général Harispe cessèrent de feindre, et déclarèrent à » MADAME qu'il n'y avait plus de salut pour elle que dans une » prompte retraite; que toute résistance de la part de la popula» tion fidèle était vaine; que si la garde nationale et les volontaires » royaux passaient la rivière, comme ils y étaient résolus, pour » combattre les troupes du général Clausel, ils ne doutaient nul» lement que la garnison ne les mît entre deux feux. « Mais, » leur dit MADAME, comment est-il donc impossible de compter » aujourd'hui sur cette garnison, dont hier encore vous me ré» pondiez? » Impossible, répliquent les généraux. « Eh bien, » répond MADAME, je veux me satisfaire : assemblez vos troupes » dans leurs casernes; j'irai juger par moi-même de la disposition » des soldats. » Ces troupes, composées du 8e régiment de ligne » et d'un bataillon du 62e, étaient logées partie dans une des » casernes de la ville, partie au château Trompette. MADAME se

» rend d'abord à la caserne, met pied à terre, passe deux
» fois dans les rangs, où l'accueille un morne silence, vient se
» placer au centre du carré, ordonne aux officiers de s'approcher,
» et leur parle ainsi : « Messieurs, vous n'ignorez pas les événe-
» mens qui se passent : Un étranger vient de s'emparer du trône
» de votre Roi. Bordeaux est menacé par une poignée de rebelles;
» la garde nationale est déterminée à défendre la ville : voilà le
» moment de montrer qu'on est fidèle à ses sermens. Je viens ici
» vous les rappeler, et juger par moi-même des sentimens de
» chacun pour son roi légitime. Je veux qu'on parle avec franchise,
» je l'exige: Etes-vous disposés à seconder la garde nationale?
» Répondez franchement. » Personne ne répondant « Vous ne vous
» souvenez donc plus, reprend MADAME, des sermens que vous
» avez renouvelés il y a si peu de jours entre mes mains? S'il en
» est qui s'en souviennent, et qui restent fidèles à la cause du
» Roi, qu'ils sortent des rangs, et qu'ils l'expriment hautement.
» On vit quelques épées en l'air. « Vous êtes en petit nombre, dit
» MADAME, mais n'importe; on connaît du moins ceux sur qui
» l'on peut compter. » Quelques-uns élevèrent aussi la voix pour
» déclarer qu'ils n'en voulaient point à la personne de MADAME.
» Il ne s'agit point de moi, dit S. A. R., mais du service du Roi.
» Voulez-vous le servir? » Sur la réponse négative des soldats,
» MADAME leur demande que du moins ils s'engagent à maintenir
» l'ordre dans la ville, et à ne pas souffrir qu'il soit porté atteinte
» à la sûreté de la garde nationale. Puis, qui le pourra croire?
» suivant, malgré cette effrayante épreuve, l'exécution de son
» dessein, elle se rend à l'autre casernement. La fille de Louis XVI
» et de Marie-Antoinette, l'orpheline du Temple, traverse sans
» sourciller les sombres voûtes du château fort, s'avance au milieu
» du peuple armé de Bonaparte, lui parle, l'appelle au nom de
» l'honneur, et sans s'effrayer de son atroce silence, termine ainsi
» son discours : « Après vingt ans d'infortunes, il est bien cruel

» de s'expatrier encore ! Je n'ai cessé de faire des vœux pour la « patrie, car *je suis française, moi!*.... et vous n'êtes plus fran- » çais. Allez, retirez-vous ! .... Cette même princesse, qu'ani- » mait ainsi une noble indignation, trouve l'instant d'après des » expressions pleines de charme et de douceur ; elle descend pres- » qu'à la prière pour engager Clausel à ménager la ville de Bor- » deaux, qu'après tout sa troupe et lui n'eussent pas molestée » impunément. MADAME répond à un officier de la garde, qui s'en- » quiert à elle-même du succès de sa démarche auprès des soldats : « Ils mont refusé hautement, et j'en rends grâces à Dieu ; je frémis » sais qu'ils ne me fissent des promesses ; ils ne les auraient pas » tenues, et vous en auriez été les victimes : ils vous auraient » tous égorgés, et je ne m'en serais jamais consolée. » Et voici » les dernières paroles qu'elle adresse aux généraux de Bonaparte : » C'est vous, messieurs, qui devez me répondre de la sûreté de » cette ville et de ses habitans : maintenez vos troupes, et pré- » servez Bordeaux de tout désordre ; vous l'avez en votre pouvoir. » --- Nous le jurons à votre altesse royale. --- Point de serment : » obéissez au dernier ordre que vous recevez de la fille de votre » Roi. »

» Ainsi se manifesta toute entière, dans toute sa grandeur et » toute sa force, aussi bien que toute sa bonté, cette ame vrai- » ment divine, dont jusque-là le monde n'avait encore eu à ad- » mirer que les douces vertus. (*Rapporté au Journal des Débats*, » *le* 20 *sept.* 1815.) »

(13) Quand je vois un D...., geolier sous Robespierre.

Cet homme est trop bien connu, surtout dans le département du Pas-de-Calais, qu'il a couvert d'un crêpe funèbre, à l'époque la plus désastreuse de la révolution, pour qu'on soit obligé de le dési- gner plus particulièrement. L'histoire des jacobins, celle des tri- bunaux révolutionnaires contiennent les faits et gestes de D........

que Bonaparte, à son arrivée de l'isle d'Elbe, nomma préfet et chevalier de la légion d'honneur.

[14] Un Ney, dont le nom seul appelle le mépris,
De sa défection reçoit l'indigne prix,
En guidant ces soldats, enfans de la victoire,
Dont lui seul a terni les lauriers et la gloire ?

« Et ce misérable Ney, qu'on ne peut plus se résoudre à qualifier de maréchal, l'expédition qui lui avait été confiée, n'avait-elle donc pas été plus qu'une tentative de résistance, plus qu'un essai de mesure défensive? N'avait-on pas même dû se reposer sur lui avec une confiance capable d'écarter d'autres projets? l'énormité de son infamie et de sa scélératesse était-elle donc une chose qui pût se prévoir et qu'on n'eût pas rougi de soupçonner? Cet homme, depuis un an comblé de distinctions et de bontés par son souverain, depuis un an lui réitérant, à chaque grâce qu'il en obtenoit, le serment de sa fidélité et l'hommage de sa reconnaissance, en reçoit tout-à-coup la plus honorable de toutes les missions. Il est envoyé pour sauver son pays et pour repousser une invasion. Au moment du départ, son Roi, pour toute instruction, lui dit: Je me confie à vous, et lui tend la main. Il baise cette main royale et paternelle, et dit au Roi : Je vais tâcher de le prendre, et je vous l'amènerai dans une cage de fer : le Roi ne lui en demandait pas tant. Il écrit de la route, il écrit de son armée quand il y est rendu, il écrit de sa marche quand il s'est mis en mouvement, et toujours les mêmes protestations. Il est plein d'espérance comme de zèle; son armée est dans les meilleures dispositions; il poursuit l'ennemi; il est prêt à l'atteindre: il l'atteint en effet; mais pour se vendre à lui et pour lui vendre sa troupe. Il n'est pas entraîné par elle, car elle résistait à la trahison; elle est corrompue et livrée par lui. C'est ce moment qui a décidé du sort de la

« France, c'est ce crime qui a consommé le triomphe de tous les » crimes; la raison en a été confondue dans tous les sens; la fièvre » de la défection a ravagé l'armée sur la route de Lons-le-Saul- » nier à Paris : il n'y a plus eu que frénésie ou découragement, » trahison, incertitude, confusion, ruine et désespoir. Bona- » parte est le premier ennemi du monde, Ney est le second. » (*Extrait de l'examen des observations publiées à Paris le 4 avril 1815, Journal universel imprimé à Gand.*)

FIN DES NOTES.

TABLE.

PREMIÈRE ÉPOQUE.

MOIS DE MARS 1815.

JUILLET 1815.

MÉLANGES LYRIQUES.

La plus grande partie de la musique des vers insérés dans ce volume se trouve à Paris, chez M. Corbaux, éditeur, rue Dauphine, n° 28, à la Lyre d'Or.

ERRATA.

Page 57, à l'épigraphe, ligne 3e, au lieu de *E ben tu sai*, lisez *E ben tu l'sai*; et à la ligne 4e, au lieu de *se gemedo scaldai*, lisez *se gemendo scaldai*.

Page 107, ligne 16e, au lieu de : *et que c'est à l'amant vrai de Diderot*; lisez *et que c'est à l'accent vrai de Diderot*.

www.ingramcontent.com/pod-product-compliance
Ingram Content Group UK Ltd.
Pitfield, Milton Keynes, MK11 3LW, UK
UKHW031908260826
14628UKWH00003B/1064

9 782019 726102